话神花跋

施 维 著

海峡文艺出版社

图书在版编目(CIP)数据

洛神花红/施维著. — 福州:海峡文艺出版社,2019.8
ISBN 978-7-5550-1921-3

Ⅰ.①洛⋯ Ⅱ.①施⋯ Ⅲ.①诗集－中国－当代 Ⅳ.①I227

中国版本图书馆 CIP 数据核字(2019)第 155336 号

洛神花红

施　维　著

责任编辑	李永远
出版发行	海峡文艺出版社
经　　销	福建新华发行(集团)有限责任公司
社　　址	福州市东水路 76 号 14 层
发 行 部	0591－87536797
印　　刷	武汉市盛宏源印务有限公司
厂　　址	武汉市硚口区下铁大厂路 141 号
开　　本	889 毫米×1194 毫米　1/32
字　　数	160 千字
印　　张	7.875
版　　次	2019 年 8 月第 1 版
印　　次	2019 年 8 月第 1 次印刷
书　　号	ISBN 978-7-5550-1921-3
定　　价	62.80 元

如发现印装质量问题,请寄承印厂调换

序一

洛神为什么这样红

戴其苍

《洛神花红》的作者,曾被评选为中国最美村姑。在很多人眼里,一个原本衣香鬓影从事国际贸易的现代女子,偏偏选择居住在小镇榄边,作息于青青农场,一定有几分吸风饮露的仙气。事实上,她并非如姑射仙子那样不食五谷,而在精神层面,又确是心如渊泉,游乎四海之外的。这就是在我看来,她更近于洛水的缘故。

传说一向是杂乱的,洛神也不例外。洛神与姑射仙子不一样的地方,是有很多人间故事。未曾中断的中华文明,好处是长久,坏处是太长久。先秦也好,中古也罢,洛神有如川剧的变脸,令人莫衷一是,唯一不变的,是一直在演绎各种人间故事。洛神而为神,仿佛一个精灵,反复在神州大地转世,直到曹植,她的形象才逐渐定型,与世人呈现一种宿愿式的交集。

洛神为什么这样,我不清楚,也许那只是人们寄予在外的奢望吧。而施维的宿愿和寄望,正如她在《药力》中所宣示的那样,"我要与你一起/踏遍世间所有荆棘"。她和我们一样植根于这片大地,是活生生的、接地气的,是不会忽然一去不返,留下白云千载空悠悠的。

I

《洛神花红》的作者也决然不是凭虚御风、飘飘乎遗世独立的。我觉得她"像苍穹下一棵笔直的树/散发出迷人的气息",散发着"淡淡的木头清香"(《长相思》),大家都会吃的上海泡饭,她也是"开心来一碗,悲伤来一碗"(《存在》)。

那么洛神究竟是凭什么红起来的呢?答曰,诵明月之诗,歌窈窕之章。在《诗经·月出》中,古人看到"皎兮""皓兮",随之而来就是"劳心",就是"悄兮""懆兮"。这不过是在歆羡之余,因据为己有不可得而产生的自扰。千百年来,直到今天,我们还是这样没出息,好像一点都不会进化的样子。

洛神红起来,凭的是一颗诗心。上帝说"要有光",于是有了光;施维说《我想是一朵大红花》,于是她就是了。我看到她第一本诗集的时候,深以其上古天真的诗心为然。有人更多从"术"的角度品读她的第一本诗集,于是有微词曰,像老一点的新诗。

这些人说的,也并不错。在我看来,施维缺少的不是诗意,而是表达。对于一个写诗两三年的人而言,不妨从容些。然则她却是"最后落在了不苟且"(《苟且》)——自恋的人都这样。不变的诗心,更多的感悟;不变的感悟,更多的哲思;不变的哲思,更多的主题——于是有了你我手上的《洛神花红》。

情和爱，并不是一回事。从诗句看，施维也一样缠缚其中。正如释迦所言，我们每个人自身原本一切具足，应该是不假外求的。"路漫漫其修远兮"，"求"的道路，归根到底是向内的。"空气中没有一片叶/夜空下不见一只鸟"——《凤眼菩提》如是说。

洛神红了之后会怎样呢？无非兴观群怨。起于诗心，然后不断丰富，不断循环往复，不断臻于美好。我知道，"洛神红"也是一个红酒品牌，是她在青青农场亲手酿制，年年以自种自收的洛神花为原料，岁岁都呈现四季之后年景的味道。酒向知己饮，诗向会人吟，对于此刻正在捧读的你，作者在《美好》中早有伏笔——

> 我不说话
> 你不说话
> 世界十分美好

若是复有一杯洛神红在手，如何。

2019年4月27日

（戴其苍，字履黄，号明明不如月。以诗为杖，行走人间；曾经燕赵，现在北京。浮诗绘朗诵团创始人，待渡亭诗社创始人之一，中国大湾区诗汇顾问）

序二

万物静观皆自得

佟 声

人生在世，总是难免要发些感慨的，古代称之为"离骚"。有的就饭吃了，有的睡一觉忘记了，绝大多数人都停留在"啊"的阶段，或者人云亦云，乱发一通。不仅数量有限，而且质量也不高。能如施维女士的诗集《洛神花红》这般精致优美的，实在是少之又少。

施维写诗，很重要的一点，就是厚积薄发，前半辈子都在干别的，我想主要是忙着积累，这两年才与诗歌创作结缘，从此一发而不可收。这个准备工作实在是有点长，不知道闷了多少的"离骚"在肚子里，好不容易找到了诗歌这一表达的渠道。所以她的诗，虽不能说无一字无来历，但却都是"有病的呻吟"，是真正的有感而发。细品起来，每首诗的后面都是有故事的。如果读者有机会到她的青青农场，听她一边品茶一边娓娓道来，当是很惬意的事。

写诗是个很气人的玩意。写不出来时气自个儿，写得好时气别人。历史上最有名的就是崔颢气李白了，一首《黄鹤楼》愣把诗仙给堵那儿了，走到凤凰台气还没消呢！施维的诗，也有好多气人处，比如《倾心》《苟且》《命》等，尤其是这首《存在》：

上海泡饭为何存在？

> 想必是为了某一天
> 抚慰我，温暖我，感动我
>
> 开心来一碗，悲伤来一碗

我就觉得应该是我写的，我吃泡面的时候也是这感觉，怎么被她抢了先呢？再这么写就算是抄袭了，你说气人不气人？

写诗的过程，就是隔山打牛的过程。读者坐着不动，作者远隔数千里之外，甚至隔着古今中外，寥寥数语，就让读者感动不已，乃至受了"内伤"，这是诗歌特别好玩的地方，其境界甚至比太极还要高妙。施维的诗歌，不求动人，而自动人。其根本原因，在于一个"真"字。她在自己营造的青青世界里，弄花弄草，逗狗逗猫，独与天地精神相往来，机心自然就少了许多。反映在诗歌里，就全是自然的抒发，性灵的表达。我看她有时在诗里"臭美"，那是真的觉得自己好看，与一般女子的惺惺作态截然不同。"一切众生，皆有如来智慧德相，只因妄想执着，不能证得"（释迦证道语），在她眼里，周围的一切都是有生命的，甚至就是佛性的存在。她看什么都好，哪怕是不开心的事情，本质上也是美好的。我想，这就是她诗歌中，最为美丽动人之处吧！如果不是胡思乱想，只怕早已经成就阿耨多罗三藐三菩提[①]了。

2019年6月4日

（佟声，满族，本名佟盛波，大湾区诗汇副主席）

[①] 阿耨多罗三藐三菩提，佛教用语，指佛教中最高的智慧觉悟。

自序

过去的都是美好

  生命至美，便是惺惺相惜之相爱人儿共同走过的日子。《洛神花红》付梓前一年，我出版了诗集《我想是一朵大红花》，同名诗中我曾写道：

> 我希望自己
> 是绿中最红的那朵
> 这样当你看到我时
> 你就不会发现
> 我的脸因你而羞红

  因"你"，我首次有了一首像样的诗，也有了首本被接纳的诗集，我称之为一封情书。有些诗人觉得它幼稚，不值得费心深读。那些源自我本能的质朴与真切，我知道"你"能读懂。《洛神花红》正是我写给"你"的第二封情书。

  生活中的我，拙于丰富的表达，绝大多数时候喜欢用微笑和沉默取代言语和文字。精炼精悍精准传递思想的方式，譬如诗，理所当然成为我首选。每当以诗记心，呈现已然在笔尖成为过往；每当用诗录情，我眼前全是美好。当思念"你"时，我不禁写道：

> ……
> 纷繁印记生生世世
> 为何每一世
> 都有你的重生

为何每一生
都有你的钟情
思念无法避免
爱恋可以重来吗

——摘自《风会不会把你吹到我面前》

正是因"你",我习惯随时随地记录内心诗境。曹植《洛神赋》:

……睹一丽人,于岩之畔。乃援御者而告之曰:"尔有觌于彼者乎?彼何人斯?若此之艳也!"御者对曰:"臣闻河洛之神,名曰宓妃……"

我爱自己,更爱爱我的同时我也爱他的人,故喜把心爱之人比做洛神,在本书里游历栖息。

经营中山青青农场第六年,玫瑰茄会在每年深秋成熟,它本名叫洛神花,殷红的花儿似火的热情,绽放成一片红色海洋。此情此景下,我深情地写道:

日出是红的
落霞是红的
我也是红的
所有的红匍匐于大地
淹没了不绝万里的水平线

——摘自《红》

如果问我钟爱自己的哪首诗,我选择《彼岸花》,对"你"魂牵梦萦,全情投入;渴望执子之手,与子偕老;希望与"你"生死相依,不弃不离。我写道:

> 我执扇遮面／迟迟听不到马蹄声响
> 你凤冠霞帔／有如魂魄的入口
> 你，是我的彼岸花／我，是你的彼岸花
> ——摘自《彼岸花》

当洛神花被研制成农场的系列产品，其中最受欢迎属"樊妈洛神红"，是一款用本地大米和洛神花共同精酿的高浓度酒。戌亥春节，我喝着这款果酒，思绪万千，不由地写道：

> ……
> 我梦见你绽放诡谲的笑
> 然后我们沉入画中
> 喝下洛神花酒
> 浑浊的迷蒙聚着普天下的期待
> 大片有秩序的红在尘世翻腾
> ——摘自《洛神红赋》

未来有一天，终将走到生之尽头，我对"你"的爱永葆青春；如果回忆需要开口说话，我的情只让"你"知。我们站在明亮之上，呼吸在身体力行中留存；我们执着梦想，相依前行。你，是我眼里的洛神；我，是你心中的洛神。相信当我们回望时，过去的都将是美好。

干了这杯"樊妈洛神红"，互祝身体健康，万寿无疆。

冰之[1] 2019年2月12日于樊营

---

[1] 冰之，作者施维，字冰之。

目 录

I　　**序一** 洛神为什么这样红 / 戴其苍
IV　　**序二** 万物静观皆自得 / 佟声
VI　　**自序** 过去的都是美好 / 施维

001　鼓浪屿之波
002　七　天
003　药　力
004　我　们
005　爱死你
006　苟　且
007　存　在
008　心　弦
009　约　定
010　下雪了
011　燊营晨事
012　渡　海
013　用诗记录
014　女　友

015 燃 烧

016 倾 心

017 自 恋

018 念

019 楼 顶

020 凤眼菩提

021 英 雄

022 倒计时

023 红与黑

024 春 寒

025 微 风

026 命

027 中秋夜

028 山竹之夜

029 等风来

030 格桑梅朵，我的爱

031 台北城

032 理想国

033 此情可待

034 九月，我开始怀疑人生

035 栖霞仙馆

036 忍

037 长相思

038 直抒胸臆

039 相　见

040 幻　想

041 雨　境

042 仙

043 花事未了

044 习　惯

045 爱　慕

046 世界排斥我

047 秋　思

048 只要看着你，我就很开心

049 闭目养神

050 日全食

051 獒营苹婆树

052 无可奈何

053 断层扫描

054 小情诗

055 洁　癖

056 美　丽

057 美　好

058 我爱你

059 忘记你

060 妈妈说

061 侘 寂
062 一切安排都是最好的
063 海上云遮月
064 浅 灰
065 日光浴
066 昙 花
067 琴瑟笙箫
068 七分钟邂逅
069 美丽孤独说
070 八月最后一场秋雨
071 傍 晚
072 雨 夜
073 不扮野只扮靓
074 时间的谜底
075 韦陀花
076 山盟海誓
077 遗 忘
078 梦魂无据
079 把自己真正交给你
080 羊 绒
081 冬 恋
082 七月,凤凰花开
083 青 涩

084　萌芽·重生

085　燃烧的心

086　似是故人来

087　恋　爱

088　境　界

089　等太阳

090　从心出发

091　至夏至心

092　我会粘着你

093　忧　愁

094　春天和我同时在恋爱

095　梦　伴

096　藏

097　重游故地

098　风　景

099　原　谅

100　我是谁

101　驻足垦丁沙滩

102　众　美

103　立秋，你腾云驾雾来看我

104　红

105　立　冬

106　幻想圣雷米的鸢尾花

107　观　月

108　十　年

109　鱼柳汉堡

110　除　夕

111　彼岸花

112　海客瀛洲

113　错中错

114　不　惑

115　友谊万岁

116　浮诗绘小青柑

117　纯属无聊

118　匆　匆

119　照顾好自己的皮囊

120　村　姑

121　请娶我吧

122　风会不会把你吹到我面前

123　戌亥三八节

124　台风时，荔枝树上三只鸟

125　依依不舍

126　霜降的云

127　声　息

128　回　忆

129　孖沙街之恋

130　起　伏

131　你是我的

132　愉　悦

133　送你一抹秋

134　触手可及的爱

135　在心中留一个圆满

136　生若清风

137　念　想

138　蒹葭还乡

139　谁说冬天不是恋爱时

140　一丝偶然

141　空　凳

142　往事拍岸

143　错　过

144　我们会活得很好

145　惊蛰携春雨到访

146　蝴蝶像一架飞机

147　爱　情

148　岭南的小寒和大寒

149　将心比心

150　酷　热

151　乡　居

152　私房菜

153 城 墙

154 在一起

155 好 书

156 无眠夜

157 七 夕

158 爱的国度

159 孤

160 与往事干杯

161 为生命所思

162 洛神红赋

163 明 月

164 来去匆匆的你

165 白 露

166 领你进入我的领地

167 篆刻记忆

169 招小波先生说我"大个囡"了

170 烦心的雨

171 别怕，跟我回去

172 海哭之后

173 沉 思

174 难表相思

175 我的双手在下雨

176 春 分

178　又到春分
179　天涯咫尺
180　雨　潮
181　在心房播下种子
182　很爱很爱你
184　白鹭蒹葭
186　无心以对
187　天　真
188　住在天堂的地方
189　空中有朵你做的云
191　虚　度
192　我相信了命运
194　秋　分
196　写给自己
198　垄　边
200　为爱而活
202　谷　雨
203　忧　郁
204　拉　黑
205　头顶长出蘑菇
206　蓝　山
207　春桃红粉漫
208　笨　笨

209　小夜曲

210　2020，争取凑齐

211　暮春行

212　爱我的人何以沉默不语

213　演出随感

214　雨中榄边

215　带病活着

216　天外飞鹅

217　听　雨

220　**附录一** 人生佳酿《洛神花红》/ 招小波

221　**附录二** 诗也是梦的解释 / 秀实

222　**附录三** 自信、自恋、自然、坚强、坚忍、坚韧的施维及其诗歌 / 艾若

223　**附录四** 她把红色还给了花她就成了花 / 袁军

225　**附录五** 至美至真洛神花红 / 欧罗巴海

227　**附录六** 能饮一杯无 / 煮梦子

229　后　记

鼓浪屿之波

你也曾到过鹭岛
那时相遇该多好啊

一枝灌木炫耀凌霄
一对白鹭飞落追逐

七 天

你打破沉默
以后
我们都住在那里

干净、简单的我们
任时光匆匆
驻足对视

云朵飘在天空
我们不由自主地问
你看到了什么

药 力

关于你的一切
时常让我泪流满面

我要与你一起
踏遍世间所有荆棘

我不胜药力
你的温柔,只需一剂

我 们

我们以后都住在那里
——我们?

我们会始终很喜悦
——我们?

是的,我们
你,和我

一瞬的念
千古的美

爱死你

时常有人说
爱死你了!

每当这时,我都想说
这不是我预想的方式

苟 且

一朵黄色野菊花
我顺时针数着花瓣

苟且？不苟且？
苟且？不苟且？

最后落在了"不苟且"

存 在

上海泡饭为何存在？

想必是为了某一天
抚慰我，温暖我，感动我

开心来一碗，悲伤来一碗

心　弦

念你一次
心如皓月

想你十次
心如刀割

约 定

儿时出门
妈妈指着公交站说：
不见不散

人影重叠
路从渐变到裂变
直到遇见你

万一迷路
我们也该有个地方
不见不散呀

下雪了

"清晨的雪挺大"——
我随你的声音醒来

应该承认我的世界
爱情无限接近永恒

獒营晨事

一架飞机
在天空盘旋

缓缓降落在
手中旋舞的柳枝上

渡 海

劈开白浪
如飞鱼般起伏

波涛翻滚之下
表情深邃

而跨海大桥
连绵不尽

用诗记录

彩虹道尽头
有一张水泥凳
风水林发生的故事
它都获悉
例如
他来了
她说必须写首诗
以资纪念

女 友

美人啊
水粉追逐胭脂
唇膏亲吻口红

怎样会有新意的玄
如何拥有春的蓬勃
还可有潢霭的超能力

那样子
在此岸和彼岸之间
我就可彻底地把你们遗忘

燃 烧

长发牵动火苗
游丝扶摇而上

蓝色爆燃
在我瞳孔里零距离存在
一座海洋,一座天空

邂逅生猛之倾泻
沉浸迷人之暴动

忧郁的灰烬包围了我
苦思岁月的碎片
应该还有藤草尖沿着睫毛攀缘

倾 心

每个生命
有自己的注解

我的注解
有你的出现

你的出现
有我的影子

我们相互交集
不再遥望

自 恋

我时常目不转睛地
端详自己的照片

也喜欢站在穿衣镜前
从上至下打量自己

最后总会把自己迷倒——
我为什么长得这么好看呢

念

我用你赠的木梳
顺开两条长辫

把青丝甩向天空——
夜幕倾泻而下
充满你的气息

楼 顶

高空中有一声音
亲爱的,去恋爱吧
人与人如此不同
你才会有所改变

忙碌的还在忙碌
沉睡的还在沉睡
而静候的
还是默默等候

凤眼菩提

空气中没有一片叶
夜空下不见一只鸟

凤眼菩提
仿佛在梦魇里沉寂

英　雄

做一个死去的英雄容易
做一个活着的英雄很难

树欲静而风不止

不必左顾右盼了
做一个不像英雄的英雄
很不错

倒计时

生命假如已倒计时
那就是一道夺命符

你根本不纠结生死
血液依然炙热流淌

你几乎由伤疤构成
多少次刺痛我的眼

我的生活不要别离
分开又是迟早的事

想要告诉你一句话
我已经准备好勇气

红与黑

喜庆的日子
我选择黑色装束

新年是红色的
从每一张口吐莲花的唇间
喷出红流,铺天盖地
吞噬了微弱的我

春 寒

受冻的红玫瑰
花苞挡不住哀悯
失落于心室那汪孤寂

不让无奈占据画面
留白吧,那样
便可呆滞在料峭之中
天马行空,不着痕迹

微 风

我挑剔
我洁癖
我孤傲自恋
遇见喜欢的不容易

爱上你
出乎我意料
你像一阵微风
吹进了我的心房

命

对于每一个日子
我又爱又恨

一年到头
忙碌成一只小蜜蜂
总有干不完的活

长辈时常提醒我
长命功夫长命做
身体健康是首要

我的命啊
到底有多长呀

中秋夜

一轮清晖高挂
裹挟着忧愁
泛舟驶进黑夜

月华触及游思
停泊在泥泞的滩涂

春花曾那么芬芳
秋果却如此苦涩

山竹之夜

海螺叫
巨浪吼

风暴在树丛厮闹
枝丫在雨中流泪

我怀着柔情——
无法言喻夜的漫长

等风来

压住沉甸甸的秋天
从一座山到另一座山
王就要抵达
海边没有人没有船

核弹已经炸响
大门已然洞开
纵然世界即将毁弃
我依然衷心祝福
没有发生过的一切

格桑梅朵,我的爱

我把心洒落每个角落
尤其在春夜

没有任何原因
我只是偶然知道——

泥土芬芳的季节
你的盛放,有如天籁

台北城

落寞美人
刻意挺直身子

俗情的枯淡之城啊
也有姿色如许

这里的旅人聚在一起
就会热情地讨论

讨论从未踏上的国土
讨论从未眺望的天空

理想国

从朝霞到晚霞
诗人因个性而化作尘埃
请把诗带走
还我一个理想国

你在我梦里
我在你的远方
明月清晖,我们
走到了晨曦

此情可待

对坐不说话,我喜欢这样,和你一起,面前一杯蓝山。

人生苦短,苦的是走糖和奶的咖啡;余生不多,少的是懂你的人太少。

我等了四季,一杯蓝山从冬又到冬。窗外芙蓉已过季,咖啡馆的座椅上不见你。

快速渗透悠慢,咖啡馆被便利店取代。

笔尖留痕白纸,我绘了一朵芙蓉。赠你——我等的人。

九月，我开始怀疑人生

活要活得漂亮简单
什么都写在脸上
准会变成丑八怪

银河下凡一片汪洋
喜怒哀乐悲烙在背上
就像岳母刻字那样

从前喜欢雨中浪漫
如今，雷雨的喉咙在哪里
真想掐死他
然后留下一首诗

栖霞仙馆

小渔村有座灵异屋
四方端正
中西合璧
一般人不愿意进入

关于这座房子的传说与爱情有关
陈旧而又过时
又与吃斋念佛分不开

我百无禁忌
在一个下午茶钟点
假装百年前的女屋主
安坐花园的吊椅慢慢摇

已驻守百年的看门人
熟练操纵着来自雾都出品的摩登发电机和黑白放映机

喷水池循环着甲子功力
我偏爱骑楼沉默是金
喜欢制高点碉堡样的钟楼

空气中夹杂了咖啡味
停下吊椅
我吩咐一来一份黑森林
嗯……不，两份吧！

忍

生来是孤独的魂魄
后来有了勇者的微笑
我是这样，你也是的

生命有一种存在形式——
把痛留给自己
把念埋藏于心
你是那样，我也是的

你学会的忍
我从小就懂
你和我一样隐忍着
从不向对方说出
久别的盼

长相思

你身上那股淡淡的
淡淡的木头清香
像苍穹下一棵笔直的树
散发出迷人的气息

一千个伤心的理由
一个健忘的个性
对视第一眼
你我决定不再分开

即使日子也有不幸
黑夜会准备舒展的晴朗
我们的每一个黎明
闪耀最美好的微笑

直抒胸臆

又见晴朗
太阳花盛开
蜗居整洁依旧

阳光驱走湿气
一碗阳春汤面
我喝汤,你吃面

我们安详从容
当夜色卧起时
世界有沉酣和苏醒

相 见

惦念像影像
掠过脑海
正如昨夜的梦

红玫瑰呼唤我
疾步飞奔下楼

秋风拂过
凌乱了你的细发
笑意在相拥后
弥漫了整个天空

幻　想

千年野渡悠悠
比理想更为真实的存在
两岸丝竹袅袅

雨丝折射光芒
催促我沿阶而下

仅仅向你一人走去
你将会拥抱而又拥抱你的
——便是我

雨　境

面对久违的镜子
乌黑的两行眼睫毛
弯翘着，像屋檐上的瓦

不敢合拢眼皮
眼角膜上噙满透明液体
热乎乎的

怕只怕这呼之欲出的盈眶
像窗檐下不停的雨水
一发不可收拾

仙

邮轮停泊港湾
船舷上写着寻仙
徐福曾率童男童女
乘蜃楼入海寻觅

我是仙
借个性挥霍自我

礁石激溅起浪的咆哮
天沉没于更深更蓝的海
原力渗透珊瑚
誓不让暮色将我挥发

花事未了

鲜花盛开时,见不到你
赠你散落的花瓣吧
留余香幽幽

花瓣凋零时,等不到你
我一片一片夹在诗集里面
任时光悠悠

不打扰承载记忆的岁月
花瓣没有了水分,静好

习 惯

赴天涯走海角
心扉炙热牵挂至深
起落成思念的台风
凝旋成珍藏版百宝箱

静静地等你开口说爱
满足犹如拥有地久天长
偶尔会害怕这份依赖
——爱你已然养成习惯

爱 慕

小玲珑云居观月
灵鸽带来潮汐之歌
咯咕浅唱远方的诗情

我陷入善怀易感
时常想不清你的模样
梦中却总有你的影子

云朵和雨花定格蓝色
我们用自己的语言
说出对方的心声

世界排斥我

我说我喜欢胡思乱想
你肯定说我有病吧

我真的很喜欢天马行空
时常神经兮兮地问獒宝们
愿不愿意知道我在想什么

我的话儿只说给我的獒宝们
每一个发音都是岁月
每一句台词都是时光

秋 思

残荷溢满秋色
芭蕉叶上雨珠滚动
红树林天籁不绝

咸水歌敲打出稻禾
龙舟水不肯离场
暴雨轰然坠进初秋

伶仃洋上空云层饱满
浓缩我仰望你时
寄寓的所有

只要看着你,我就很开心

晨曦透过纱幔
洒在你的脸颊
蒙上了一轮晕白的清晖

睫毛轻轻眨动
呼吸微微起伏
我端详着你

等你缓缓睁开双眼
瞥一眼痴痴静待的我
深情地将我拥入怀里

闭目养神

繁盛不过一场梦
花瓣用脱落雕刻时光
沉睡到地老天荒
静寂幽深,我难以察言观色

自泥土气息中跨过芬芳
冬在秋萝草丛间,凝望远方
我在你肩膀上闭目
你在我闭目下养神

字符没有意义
我们把寄托赋予种子
从此风调雨顺
各自命里再无对方

日全食

从地到天
梦里与我对视的是明月
"鹅蛋脸真好看"
——你在笑

从昼到夜
鸿雁传书古槐托梦
"圆月弯刀,不见不散"
——我在笑

天庭忠诚的神犬安然入睡
月亮圆满地融入地球的影子
趁着太阳公公冷眼旁观
我们,用影子交融在一起

燊营苹婆树

欢笑芒果
流泪菩提
苍天就是这样安排

大地的眼睛
命中注定暗自神伤
每滴泪里裹挟着风暴

漆黑眼珠藏于暗红绒衣
菁荚后,黑得厚重红得饱和
红唇烈焰抚吻西天晚霞
熄微在七姐诞的日子

稀有少见索性淡出繁华
能听懂鹊桥蜜语的
只剩下静穆的一对对凤眼

无可奈何

一切还在过程中
太多问题没有答案
也许永远不会有

埋头苦干遗忘昨日
沉默是我要成为的模样
谁想做救世主谁做

我铁了心要走下去
直到遇见有你的路口
我们就手牵手走到白头

断层扫描

踏浪而至
维港从不寂寥

熟悉后的陌生地
靠近又走远

半个甲子
桌布上红玫瑰静芳
凝神屏气

这一刻我冷落了
一杯鸳鸯
和一碗云吞面

小情诗

写了一首小情诗

赠予他

涂涂改改

用了两张白纸

过程中天空雷鸣

下了四场骤雨

望着窗外

我嚼了八颗妃子笑

细数雷声

正好是十六响

从下笔到完成

耗时三十二分钟

不知周易六十四卦里

哪一卦精准地隐秘着此刻命运

洁　癖

儿时，家长总说我有洁癖
长大后知道那是一种病
可已病入膏肓
唉，时不时就会发作

强迫症三个字
不依不饶地
与体内流淌的河流
像模像样地同行

双眼容不得一点痕迹
车辆在墙外没日没夜地驶过
空气里漂浮着尘埃
谁又知我角斗了多少日夜

美 丽

静悄悄的美丽正在发生骚动
与孩子们逐个吻别拥抱
不忍迈步的难舍丝丝扣心
出门的意义是为了择一身新战衣

秋分翌日的机舱窗户外面
铅色的云层在足下开始涌动
梦之羽抖开一次又一次
执意跋涉是为了觅一处失落的天堂

从仲夏般高温穿越到风雪寒冻
骤然间紧缩的不只是裸露的肌肤
无数神奇故事曾在这里发生
天方夜谭只需一百零一分的美丽

美 好

一朝一夕
一颦一笑

雨丝们在舞蹈
握住我的手吧——
请跟我来

我们可以等待
有一种彼此
叫不可或缺

我不说话
你不说话
世界十分美好

我爱你

把爱放在北方
那里会有淳厚
把爱放在南方
那里会有飘逸

把爱放在天堂
那里一切静好
把爱放在地狱
那里一切遂顺

不，不
哪里都不放
只把爱放在心底

承受流连忘返的折磨
沉醉缱绻难终的浪漫

忘记你

搜出关于你的记忆
通通抹去

把我的依赖撒向天空
让季风吹得无影无踪

让海边胭红的晚霞
把脚印留在细沙里

辽阔连绵的苍山
浩渺如镜的洱海
空余湛蓝

睡得好吗——
面对你的问候
我该如何抵御

妈妈说

妈妈说
我出生的那一天
世界充满太阳的味道

妈妈说
我出生的前一天
世界飘着洁白的小花

妈妈说
我出生的第二天
世界有着朦胧的眼神

妈妈说
妈妈还说……
妈妈说过很多很多
现在想来都是情话

侘 寂

我要看着她们
完全枯萎——
从盛放到凋零
从喧哗到沉默

我一直在云间独赏
秋叶空中落下
春水漾出天际
田垄,朴素而安静

泥土蛰伏于大地
菊颜处于意念之中
奥秘长存
万寿无疆

一切安排都是最好的

每天遇见一位卖花女
她是路边的流动小贩
三轮车上有七八个水桶
里面是生机勃发的鲜花

自从认识她之后
我再没有在花店订购
不是贪图便宜廉价
而是喜欢没有过度的包装

她时常没有我要的红玫瑰
而是各种各样我从前不会选择的花品
奇怪的是
我居然总与她说
唔该畀我今日你觉得最靓的花①

---

① 结尾句是粤语方言，意思说：请您给我今天你认为最美的鲜花。"唔该"是粤语中最常用的礼貌用词之一，含义丰富，有"多谢"、"劳驾"等意思。相当于英文的"excuse me"，像普通话的礼貌用语"麻烦"，而"多谢"就没有这种功能。"畀"，是给的意思。"靓"，漂亮的意思。

海上云遮月

多情的人啊,当最后的浪拍岸
请为脆弱的行为在月夜燃烧而祝福
也请鄙视,鄙视黑夜的寂静

绝望莫过于夺眶泪水被掩藏
不屑去恐惧生命尽头的黑与夜
不再挽留青翠的爱恋

大海褶皱的裙摆闪着银光
渔船上微弱的光线随浪的起伏而隐约
模糊了月亮最后一抹的冷峻和坚毅

云,一步一步爬上月亮山
用无法预计的速度
勇敢而孤傲地攀爬着

浅 灰

我有一双望穿秋水的眼睛
时常注目天空,迫近的节奏
那数不尽的浅灰,是乌云背后的忠诚

偏爱浅灰予我的重重意境
漫不经心地融入宣纸如水墨山水
静悄悄的日子绘出静悄悄的印记

好久没有体验到夏日的气息了
相思湖的轻松是浅灰,如一抹清凉
假如将人分成颜色,我堪称是彻底的浅灰

日光浴

从没被生活摧残过
狸猫笨笨超爱吃鸡蛋黄
它假装不认识你
一溜烟钻进杜鹃花海
此季葡桃也已果实累累

燕鸥掠过莲花大桥
潜入海世界追随鱼群
氹仔的氹是哄人开心之意
日光把嗔痴带进潮水
有你的日子我心满意足

甘愿逗留昨夜的黑
你的眼眸噙满我的长发
如数家珍地翻遍你的诗句
呢喃从前世到今生
我，再一次把你藏进心底

昙 花

不可言状的缘，没有预兆
把你送到我的面前
那一触即发，难以描述的震颤
封锁了我笨拙的言语

月华松涛的夏夜，爱恋成群
柔软细腻，从四面八方汇聚而来
静穆中，我随你的绽放而舒展

圣洁的新嫁娘，银辉下我的美人
瞬间羞赧的笑靥，坦荡、傲然
与我一起默感这恩赐的良宵

惊异于你的淡然，隐痛于你的笃定
朝露初凝，须臾间，就在我的眼皮下
决然穿透了那片引力无穷的星空
留下痴迷的我，满怀与你同行的渴望

琴瑟笙箫

你路过我的风景，我笑乘你的马车
梦寐不忘对吟共赋诗一首。睁开双眼
夜用漆黑抹去果实，我们不怨地不尤天

空闲中鲜橙味东游西荡，清新无所事事
无求无欲的四目对视，充足了维他命
普天下人羡慕地说：自由的人儿呀

琴瑟齐鸣，日子淌过鱼池长满青苔
台历丰满了春柳瘦了冬雪，笙箫绵延
我生来是享福的人，其实你也是

浸在泪海的郁，是保持童颜的神器
一日三餐按时吞服。当朝霞伴随红日
我们在独门秘籍中苏醒，通身辉煌

七分钟邂逅

天星小轮
穿梭了一个世纪
风雨无阻
移动在维港两岸

甲板坚固
座椅古旧
我时常幻想
在这百年的渡轮上
遭遇一场浪漫的邂逅
在众人的目光里
羞涩地与你对视

用生命中的七分钟
我们从此岸到彼岸
然后一起去吃大餐

美丽孤独说

不愿接受多维空间的说法
总觉得那样,孤独会极速递增

孤独的描绘是永恒的主题
孤独的存在,谁又何尝不是

天气降温,我的孤独也降温了
自拍镜头前我想象着你的笑容
想象你看着我,孤独指数在降低

独自一个人孤零零地对着镜头
露出了拥抱你之前的微笑

一切都将会杳然远去
我又如何能捕获存在的意义

八月最后一场秋雨

雨没有停歇的意思
依仗闪电打雷
宣布着存在
天空诡谲晦涩
难不成要将天河水
拱手相让给大地

栖息在燊营的鸟
衔来榕树籽
在魔神树干上萌芽
不等我将颓废进行到底
须枝已不分昼夜延伸
盘根错节成雨中孤榕

风景常在
醒悟总是太慢
乌云珠雨
我要劫持所有情感
努力把你忘却
总有一天，你会遗忘我

傍　晚

獒，领地的捍卫者
敦厚地流淌着自然法则
穿透我忠贞而又脆弱的存在

獒吼，声音震耳
急速地告知我墙外有动静
当天空和大地合拢时
听觉神经最为敏感
这时耳朵深切触碰内心
分辨气息好敏锐
这时灵魂渴望抱团出窍
紧紧相连

我的傍晚漂移于念想
按捺住寂寞环绕
不厌其烦地点燃缕缕叹息

雨 夜

云朵的泣不成声已枉然
双臂未张开就堕入了泥土
电闪狂舞大地雷打不动
铁石心肠地淹没誓言

偶尔下雨挺有诗意
多了就会招人讨厌
痛恨雨水过量的岭南
可怨念无法治愈一切

雨中夏夜是泪眼美人
最非凡的本事不过是
指使困乏和失眠轮番上阵
在糊涂与清醒间摇摆

我像是脱离了躯体
从头到脚淋湿了
怕你的肉眼看不清我
不由自主唱起礼赞万物的歌

不扮野只扮靓

玻璃镜碎片从泥土直射出阳光
不如意爆泻袖珍的不规则镜面
充满怀疑地打量这个陌生的面容
暗下决心要从头到脚地扮靓自己

外貌和性格,还有气质和才能
甚至五脏六腑的整体结构
比任何战争更持久更伟大的成长
尽善尽美直至不同凡响为止

那份紧迫在古老而又陌生的世界
这将是任重道远的巨大工程
庆幸遇见了后知后觉的自己
不留恋迷惑人的目光,或是掌声

肉眼可见的不过是幻象
真我的要旨躲藏在肉体
为了明天,空前伟大的明天
我必须写首有所指的诗记录塑造

时间的谜底

夏季啊,夏季
被火焰燃烧的天空,骤雨肆虐
如果时间的真相只是湿热
会是怎样的难耐

谁没有过落寞和挫折
即便是勇士,也会在顷刻萎缩
谁没有过超然和闪烁
哪怕是侏儒,也会在瞬间高大

每一粒汗珠浑如熬热的油滴
如火一般随风摇曳,透出怠倦
时间的谜底揭晓汰选的命运
巧妙地在南国,沿红树林穿梭

话语沉默,生命在深境守护
缥缈在无思和无虑
与海风迎面相撞成喋喋絮语
昔日佳人在呢喃中缓慢地模糊

韦陀花

静夜里,悄然绽放的仙姬
把感动撒遍庭院的每个角落
我,浸在相思的煎熬里
找寻着,灵光乍现的韦陀花

一切都是难以割舍
那春暮夏初时梦幻的星空
那皎洁月色里清凉的气息
那夜光恍惚中短暂的邂逅……

顺从天意!就这样
结识了翩飞而来的你
我的世界,沉睡的火种被唤醒
栖息诗意的记忆之庭,绿草如茵

大地生机盎然,人间起伏轮回
不甘困守寂寥的草庐,枯等来生的你
我十分爱慕,你那不可知的远方
要将自己的归宿,遥寄云端

山盟海誓

仲夏午后的色彩,这骄阳似火
蒸腾出热浪微颤滚滚,那金黄水稻
还有农田的瓜熟蒂落的玄妙

在这里躺着,茂密的葡萄架底下
侧身,用右耳贴紧颗粒状的沙质土壤
等候摩羯星座那头带着鱼尾的山羊
她极其低调而不明显的优雅步伐
从伶仃之外的海平面伸展蹄印

我活在像梦一般遥远的地方
低沉吟唱的稻浪,荷香掠过美人蕉
丝瓜藤蔓的枝影里藏着坊间盛传的粤韵
不时,我晕眩于海岸线的写意鸟
连绵丘陵变幻中的云片,浓墨与淡彩

突然,一列白色轻轨列车,如一股穿堂风
像自盛行情话的圣托里尼而来
蓦然消逝不见,撩开了我的心猿意马

遗 忘

我易于感怀往昔
可许多人和事,已忘得一干二净
日子如过眼烟云,在消逝
遗忘于我,是一块无价的陨石
交换片片艾叶和枝枝甘蔗
当我在海边捡起贝壳
偶遇到你,一如遇见真实的自己
有风,有雨,有云山
有一浪接一浪的拍岸海涛

在梦境追赶你的背影
直到天光,才听见梦幻的呼吸
悄悄吹燃了心底的火种
停下脚步,枕着你心跳律动声
在草地上睡去,蝴蝶讨好地盘旋我的脸庞
不愿苏醒,就算鸟儿已成群结队
薄雾朦胧迫近,公鸡啼鸣,蝉声四起
我的挂念以我的多情从大地破土
什么都可遗忘,除了你

梦魂无据

厉光闪现于无形
无名指尖像导火索
眨眼间被点燃
五指山腰
一枚红宝石惊艳亮相

在立春到来之前
这就是夜幕下
最后一场梦
明日水仙暗香撩诗
你我又添新岁

我们欲语还休
难表相思
不如从容地醉饮
不如安详地熟睡
总有一个黎明花开并蒂

把自己真正交给你

冤家啊,冤家
你是我满脑子爱情的幻想

我不愿向别人倾诉衷情
包括尘世的欢乐和永恒
我不再寻觅安逸之归宿
只追随你的梦想一路同行

云儿分分秒秒在呢喃呓语
阻隔的距离更宽阔无边
我迷失在你的芳草天涯
又在静寂里找到了自己

你是我满脑子爱情的幻想
冤家啊,冤家

羊 绒

由血气所滋养的空气层
因入冬抵御风寒而生

白云掠过黑雪
源自高原腹地的阳光
骤然从干草地消失

放弃生命的每一声叹息
从克什米尔地区集散

愿每一只山羊
原谅对它的生命虚掷
而又无从知晓的人儿吧

世界从此不再轻软
万物从此不再柔暖

冬 恋

岭南的冬季美
杂乱无章叫不出名字的植物美
许多树会开出美的花,比如紫薇
花一起吐露有香气的心事很美

我说美,冬季不在乎
岭南的植物也不在乎
那些会开花的树更不在乎
包括绽放的花朵

每个冬季都让我确信
美,与生俱来
包括不在乎的气质
如你见到我时说——你很美

七月,凤凰花开

花簇似火流淌
痴望中乱了方寸

炙热烤红脸庞泛起蜜意
柔情,疏远所有的人

风中花舞像赤羽抖落
祈祷幸福不要背道而驰

火焰与高温纯化所有
暑热熔炼,我在红流中深醉

青 涩

购一张单程票
直抵浩瀚时空
听见他说：榄边
一个没去过的家

风水岭起伏
桑树枝殷红
未成熟的桑葚
兜在圆点围裙里

果实完全没有准备
与枝丫道别
天气还是变化无常
沉默、运气，需要适中
染红舌尖，染红双唇
鸟儿在青青谷
上下盘旋

萌芽·重生

秋叶已不再提起
孟夏延续的创痛
垂怜用湿吻浇灌艳阳
你就是天空下我的样子

被大自然宠幸格外迷人
泥土的再生笑容脱颖而出
从寰宇破译出淡淡的木头香味
是劫后余生再度崛起的光芒

我们喝天上露水长大
把稻谷和蔬菜留给山川河流
沐浴阳光以嫩芽交互厮磨
顺着黄昏将倒影与彩云融为一体

燃烧的心

我把痴心，安放在你的身上
悄然跳动成快意的节奏
却无法摆脱那恼人的相思之苦
一刻都不曾脱离你强有力的侵蚀

与生俱来，理想浪漫主义的绝症
每一次的牵挂，是对自己猛烈的炙烤
未知的祈盼，撕扯着骨髓本能的忧郁
对你，为何如此执着？我痛恨自己！

思索到此，似乎应该泰然地克制
太阳就在头顶，蓝天白云构图上照耀着
本质纯粹的爱情不能留一丝痕迹
不应让我倾慕的人，感到一点担忧

想把所有的思念，放之于六合八荒
化为驰骋天地间的流星雨
也想把燃烧的心，放之于青青世界
化为脚下的土壤和天空的云彩

似是故人来

远处云雾缭绕
沿着山峦起伏蜿蜒
你舒张双臂吟着诗句
微笑触碰朵朵桃花

当含笑花由一名孩童举起
你的忠诚从夜雨中
掩藏到我的怀抱
那一刻爱意飘飞
空气在笑我也在笑

葡萄架下的家园
从不因灾难而改变
我们没有错过共同的遭遇
互牵的纽带是原野的山和水

奢侈国度总有厚礼
老天旨意正合我心
如一草一木栖息感动
即使我们只是一双蝴蝶
也甘愿让欢快长出痛楚

恋 爱

面对你，哪怕只是声音
始终不解，我的微笑何以那般温驯
命运安排得极具魔力
被你俘虏的心，稚气未脱
魂不守舍中小鹿乱撞
我在思念里沉沦，日渐消瘦
那结满苹果的树是醉人的迷津
根深蒂固的情，战栗成萌动期的血液
我出发了，去拥抱挚美的纯粹

在每一个十字路口，我问天空
哪条路才是通向你的方向
幽谧的清香，是如水清澈的眼神
大海横跨在我脚下，渔舟唱晚
彩霞浸染水面，如同夹岸桃花
心诚则灵，我是寥若晨星的幸运者
老天泄露了真爱密码给我
一架飞机正从白云山端飞越我的头顶
悄无声息地划出一道白色弧形

境 界

春风坦荡荡
我仰天轻合双眸
日光逼近眼帘
挤进空旷的脑海
多少澄澈明亮了心思

我背对你备至的关怀
你站在我身后默默地久视
四周所有都遁入惘然
我们已然拥有了很多过往

世界如此奇妙
你我仿佛一切都已明了
漫不经心地取消沉默
在不可言说间
抛撒出穿透灵魂之雨水

等太阳

她喜欢赤足触碰海浪
一层推着一层淹没小腿
一浪接着一浪退离脚背
潮水汹涌筑起雪白的长城
雨水飘落幻化成风的幽帘
她不打伞,在等太阳出来

独步海边,望海天一色
时光的掌纹布下海市蜃楼天幕奇观
丘陵发出了连绵起伏的呼吸
她张开双臂尽量伸向天空
一颗颗雨滴带着狂歌冲入大海
她仍不打伞,在等太阳出来

海鸥泄泄其羽,盘旋于空中
云层随风变幻,倒影斑驳
空旷寂寥,苍天悠悠
她的忧伤叠来叠往
不知红色火轮何时从海面升起
她依然不愿打伞,在等太阳出来

从心出发

科技,给了我一种本末倒置的感觉
有些自然规律,被颠覆了
有人觉得习以为常,理所应当
常规,反倒成了众人眼中的奇葩

对于世间,我早已存积了几分厌倦
或许,死亡是处之淡然的一种净化
既然终点已确认,我一心想,分分秒秒
与清澈同在、与氧气同在、与阳光同在

玉带凤蝶在我的必经之地休憩,永久地
静候小径通幽处的野菊,还有绣花鞋的步履
轻柔掠过她的唇齿,不区别是梦和非梦
一段段萌生的感叹,徒然被荒废掉

从远古走来,满满地负荷诗和远方
不朽的纯粹是一次次的凤凰再生
农人们播种、收割,生生不息的苦乐众生
生死与否,发现自己依然活着

至夏至心

过了夏至，念你的夜越来越长
表了心迹，想你的心越来越甜
多变气象的独语，日子充满无限可能
适宜一切的人和事，包括我和你

不知道你曾劳奔的阅历
而你旧日的足迹，我也不曾想过
却分明感受到，你我青梅竹马的两小无猜
每一句对话，都透露着岁月调和的密码

非常真切，你的深情烧得我内心灼热
在这夏至的雨夜，假如你不心疼
我要踏进这场雷暴雨，让瓢泼泛起波澜
这就是冲动的我，也是忧郁的我

真是得天独厚的巧合，爱得身心爽洁
唤起我对诗情画意的追逐
从此我可以说，你的造访是我的久候
让我想起西天沉落的火烧云，在燃烧

我会粘着你

痴梦绕山河，粤韵悠扬
祠堂高墙外车水马龙
橡胶树林的气息弥漫开来
古老的海风呼呼
穿过天井递给我一身忧郁

披上这身蓝色外衣
我沦入要去找你的命运
鲜花满月楼，你在哪
世人都素不相识
一排排通红的灯笼下
似乎永远不会有知道你的路人

我只能趁着夜色
经历一场场企盼的洗礼
梦幻成一盏莲花长明灯
低旋进你的心房，不再离去
光阴从此就是我们真实的故事

忧 愁

园子很久没有打理
野菊花骤然间一片灿烂
迅速地穿透瞳孔
扩张淡淡的木头香味

我自然而然会想起你
在云的故乡欢歌
想起白鹅于孤岛上
排成一行，曲颈向天
想起大片大片秋萝枯萎了
仍高昂着芬芳直抵苍穹

麻雀飞来飞去
清亮如炊烟一样四起
我举起孤独者梦想之花
嗓子却沙哑了
清醒汇集于光阴
融入一呼一吸，贯穿寂静
我知道你明了我的感怀
一切让气息去传递吧

春天和我同时在恋爱

春雷一声巨响,源头在惊蛰
埋在泥土里那苏醒的心
和洛神诗语一起破土发芽
谜团般的未来恋着飞天纸鸢

伶仃洋移动的渔船仿佛静止
星光沉浮的夜有你归来的疲倦
红茶配红酒,新奇啊,你说
掌心对掌心,你手握我手

这是亚热带季风气候地区
茉莉花海无人对话
我披挂嫩绿,逗留等你
亲手摘下芬芳,共享洁白细腻

桃红柳绿,春芽春水
注定北方坠落的雪粒饱含不舍
白云如海,春风得意
该如何形容这与我同时在恋爱的春天

梦 伴

活到知天命之年
依旧是个傻白甜
厌世是唯一的不幸
纷乱复杂不宜久留

你是我的梦伴
今夜去哪里云游
出发约定点
就在那棵老榕树下吧

我要更纯粹
以应付一切不纯之事
我要更透明
以行走所有不明之地

约定出发点
就在那棵老榕树下吧
我是你的梦伴
今夜,我们一起去云游

藏

天生喜爱美味
享受细嚼慢咽的过程
然后藏进肚子

你我共同的故事
反反复复回味
藏进了肚子

沉默是金
许多的许多的许多
统统藏进肚子
藏得多了
变成御寒的脂肪
填充肌肤所有空隙处

有人说我珠圆玉润
逍遥似贵妃
我话到嘴边，又藏进了肚子

重游故地

故地住着另一个我
看不见摸不着回不去
在世界的片隅里
是另一个平行的时空

真实的很陌生
虚假的反而熟悉
我怀着感恩的血液
穿梭纵横交错的沉静

梧桐落叶纷飞
以不停地跳跃旋转
让智慧发光发亮
一朵枯萎的野菊在含笑

平原如此辽阔
我歌唱即将来到的冬季
在金黄世界的晚风吹起时
将身子准备得更轻柔

风 景

歇脚处青山绿水
朝颜在藤蔓上静思
每隔十分钟
飘来船笛的叹息
瓜瓜和我对视
又一艘船从九洲港起航了

榕树投下涟漪
为过客吟起和声
码头上有人回望,发现
绿道驿站制高点
一只金毛和一位仙女
正在眺望

风景在变化
有凝固,有移动
眼睛在张望
或俯视,或凭眺
相互一笑,会心
沿山路原道返家吧

原　谅

站在制高点
瞭望远方
尺八渐行渐远
思念愈发幽深
玻璃幕墙映射着霓虹
夜色深深
这森林的照妖镜
遍布南方的城市
有人窃窃私语
而我只想说——

原谅你独来独往
和沉默不语
原谅你诚挚的目光
永远无拘无束
原谅你的美丽你的善良
以及勇敢的传说
原谅你赐予我尖叫
赐予我惊讶的误解
以及无家可归的
快乐生活

我是谁

无法让树为我开花
无法让它提前结果
拦腰折断并不是意外
冥冥中,一切早已注定
天人交战生生不息
信念在大雨之后开始

梦工场倚月垂钓的孩童
史瑞克原始人眼镜狗
还有马达加斯加
都比不上功夫熊猫阿宝
卖面条与拯救世界
哪个才是生命的本色

谁是我,我是谁
叩问在和平谷里冲撞
不遂人愿不是天意
真的勇士不会退却
我随心所欲地播种
静候果实的坠落

驻足垦丁沙滩

白云在天空下放飞
宽敞的蓝伪装成波浪
冲向黝黑发暗的礁石
细沙在寂寞里撞响

海潮从身后涌起
顺着脊脉蹿上头顶
灵魂出窍的幻象
终究将你我摧毁

对视,相互没有隐瞒
却有一种难言之情
你矫健地触达隐退的湾流
我不讲述绵长而震栗的世界

我们青春不再
枉掷半生还剩半生
我们青春又来
终生相爱不弃不离

众 美

烟波穿越昼夜
随星火漫舞
稍微倾斜
便可相拥入怀
躲过红尘的时光

饮山泉听雨声
路过匆忙的笑意
烙进我的心
融入光晕错影
任柔情流淌

仰望云舍幽居
激起银河涟漪
何时故人归
如梦明日
红尘从此逝
蜗居寄余生

立秋,你腾云驾雾来看我

你呼吸平缓
上下牙床轻叩
大眼睛凝视我
嘴角上扬透着温柔

你远道而来
在一枕清凉的立秋
唤醒睡梦中的我
把时节都忘却

你无处不在
游息于昨日今日明日
如空气弥漫着清新
自得其乐

天亮之前的世界最甜
我确信
谁也没有我幸福
——因为有你

红

光吹拂安详的梦
赞叹时间带来不平凡

日出是红的
落霞是红的
我也是红的
所有的红匍匐于大地
淹没了不绝万里的水平线

生与死的交错
我必自然地融入自然之中
我必记得
山川河流尽头
那个被世界遗忘的脸孔

寂静而洁白的翅膀在舞动
我飞翔在大面积的沉默下

立 冬

村庄热情地赠送三十摄氏度气温
榄边上空蓝渐变成灰折射透心的闷热
我敬重田间劳作的人们却搭不上手
汗珠暗自流淌从眼眸开始

抱住锄头久坐田埂边
左边是猫咪笨笨和花花
确切地说是一前一后贵妃躺
右边端坐着金毛瓜瓜
与我一样挺直脊梁
看移动的太阳藏进山凹

夜聆听遗忘在七月的诗歌
灰尘低垂归位泥土，刺痛掠过影子
不可避免的阴凉沉进冷野
越躺越冷，越躺越清醒……

幻想圣雷米的鸢尾花

会唱歌的鸢尾花
哀歌四月细雨
梵高先生来过又走了
带走了那抹中国蓝
留下神秘又魅力的圣雷米
平凡中带着非凡

孤单的血液总有不安
鸢尾花依然在歌唱
挣扎是活力姿态
化作史上昂贵的摇曳身姿
浅似海蓝,深如墨团
忧郁着近四亿的银子

不揣度前方有无路可走
我早已停滞在画布上
许配给含苞的鸢尾花
随终身翩跹愁眉的传说
做一道值得期待的起舞风景

观 月

万象齐备
与群星携手隐去
天翻地覆的惶恐
从至暗中复活

脑细胞濒临枯竭
吞噬只是蒙太奇
爆裂无声如勇武之兽
凛然预见未来

寅时天涯咫尺
三星骄横一线
只有平庸之辈才忧惧
那一惊一乍的皎洁

失血的月亮
原本就是红色的啊

十 年

老天有眼
却睁一只又闭一只
放任天下不明事理的人
如雷咆哮
摇撼逐浪掠海的白鸥

飘升,陨落
带走我仅剩维生的露水

三千六百五十个良夜
沉默地等待黎明
我庆幸余生将一无所有
笑容愈加灿烂
身躯轻盈

鱼柳汉堡

三点一刻下午茶
首次品尝鱼柳汉堡
你说：各半

玻璃窗后落日的光轮
打造艾伊瓦佐夫斯的海面

一小时后要分开了
告别宜采用拥抱仪式
让深海鱼的气息完整如初

除 夕

除夕,天空包罗万象
任我扎根泥土
沉迷于你的高度

不同分贝的嚣吼
我分辨着时辰,猜测你
是近还是远
是动还是静
是喜还是悲
风延伸至我瞭望的眼角

啊,爱情
为何要召唤我
我只是一棵小草
沾满露珠,过了今夜
尽管我仍然站立着
向上生长的能量会强劲
可终究触摸不到你——
以翱翔为生,飘逸而又宽广
游走在苍穹的云山

彼岸花

致命的诱惑啊
在我心上盘旋

你是惊涛漫卷的云朵
秋冬萧瑟的金花
我是长歌当哭的火焰
泾渭汇流的嗟呀

终古之谜恍如隔世
摇动着未知的讯息

我执扇遮面
迟迟听不到马蹄声响
你凤冠霞帔
有如魂魄的入口

你,是我的彼岸花
我,是你的彼岸花

海客瀛洲

枕江拂云揽山
我迷迷糊糊入梦
醒来双脚冰凉

这个冬季雨水不断
白昼分外潮湿
大地上的秋萝因凋零而完美

你沉默你不语
背上唯一的一对翅膀
飞走了,歌声也飞走了

从乡村别院到城区民宿
干净的冷,幽默了小说里
永远不会厌倦的长情陪伴

沿着山城吊脚群落往上走
风景在变,深情依旧
我披雪戴雨一路挺进南山南

错中错

我怀念即将过去的错误时光
也许一生都在错误中度过
将错就错吧，一错到底

颠沛步调因爱而趋缓趋弱
我希望放弃你给予的所有

你一点也不天真烂漫
可惜了大地上翠绿芳华
可惜了天空下新鲜冰凉
可惜了不明来历的过去现在
和未来，还有我们的缘

我终将会如愿以偿
犯下妙不可言的错误
包括死心塌地跟着感觉走
——爱你，很爱很爱你

你可以安心抹去关于我的记忆
我们形同陌路，不再遥遥相望

不 惑

一起长大的小伙伴
你的陪伴是故乡校园里
银杏叶飘落时的流光
嫁接新旧岁月之间的精勤

生命并不一定需要押韵
脚底与青石板小径
却时常碰撞出古城火花
伴我追逐粹化的梦想

我如月亮满怀柔静地
迷失在兴隆到荩莆的巷道
四十载的逝水年华
是小桥流水人家的淡饭粗茶

有婵娟，有思乡人在海角
依稀看到不惑吻别拥抱
现在，我要拒绝所有的此刻
回味挥之不去的竹马和青梅

友谊万岁

我是饥寒缠绕的人
食物没有意义
衣裳只为遮羞

我是匆忙赶路的人
只为急着坐下来
忘却你

潘多拉开启魔盒
小花飞旋江上
在山城长风寒水到来时
这就是纪实岁月里
最早一场冬雪

时光苟延残喘
穷尽毕生看不懂洪崖之谜
兜兜转转不知云层何处
追随影子的足迹
我们重逢在荒无人烟的雾岛

浮诗绘小青柑

含蓄流入血液
内敛深藏骨髓
沉寂于深渊的寸心
奉献琥珀和翡翠

注定
携手再现一起重生
流光溢彩
没有暮年的气息

新雨如初
万物在地平线上萌动
清流已灌满洼地
柑橘树结出了果子

一丝青涩喷薄而出
愿望如期实现
这专属的
本就是我们遗失的初恋

纯属无聊

獒营外有一群精灵
大脸小头短尾或长尾
白色黑色棕色虎皮和斑块
明月清风武装永生的神秘
国际超模学不到位的步伐
咏叹调比帕瓦罗蒂还销魂
围绕在桂花树下惹一身的香
寻找到人类唯一的朋友——我

最生气是獒宝十兄弟姐妹
经常只能进食八成饱
因我硬生生地克扣出口粮
放进獒宝曾经满月后
再也钻不进的尖顶小木屋
这群猫吃狗粮住狗窝
比喜鱼腥的猫眼神更迷人
还多了一分典雅和忠诚

匆 匆

久违寒冷又走了
匆匆地一瞥
泥土新湿凝霜

百年红月亮回来了
匆匆地抬头
满眼是月照和转载

亲人不会永远在身边
匆匆地挥手
崭新的感伤和思念

人潮中的你和我
匆匆地来不及约定来世
见了爱了念了走了

跟着脚步向前
匆匆地
在轮回中踽踽独行

照顾好自己的皮囊

不喜欢西出阳关的离愁
仗剑天涯的豪气不时升腾
下凡人间只为寻觅
传说故事中的你

夜雨敲打岐江每一寸水面
霓虹是城市星空不变的明月
爱慕光明的绿斑姬尺蠖蛾
翅膀被撕裂成碎片,包括
义无反顾的微笑

这温柔的陷阱说不清道不明
仙女忧伤夹杂无能为力
在常人与神经间切换

该干活就干活吧
该玩耍就玩耍吧
该吃就吃该喝就喝
该睡就睡该醒就醒吧

村 姑

与蔬菜瓜果
猫狗兔鸡鸭鹅
一起置身大自然
不再回到封闭空间

光芒高高在上
晕眩至暴风骤雨
像感性的大自然
携惠风歌唱
伴夕阳共舞

不与任何人说话
埋头耕耘不问收获
安坐田埂端起酒碗
坐等云朵带笑飞身而来
——共进晚餐

请娶我吧

白色婚纱,飘飘然
秘藏窈窕淑女
多少憧憬和向往
秀色可餐的田园生活
稻田是家的归宿地

白色云烟,朵朵然
蕴涵龙飞凤舞
多少气息和绝美
融合时空的思念隧道
天空是魂的翱翔地

微汗带着栀子花香,沁出肌肤
为破土而出的美丽新嫁娘
敷上一层远古农耕的粉底液

心爱的人啊,请不要再犹豫
迈开你的步伐,下地与我一起
等待不可逆转的收获

风会不会把你吹到我面前

流水滚滚而去
呆望顺时针的方向
视线变得模糊
时空回旋
前世的记忆
那梦绕魂牵的你
就站在我面前

纷繁印记生生世世
为何每一世
都有你的重生
为何每一生
都有你的钟情
思念无法避免
爱恋可以重来吗

一阵风拂过脸庞
不知风会不会
把你吹到我面前

戍亥三八节

葵营内
光阴以停滞的节拍
庇护我

十指轻拍键盘
烛光在晚风中跳跃
一首情诗正在诞生

葵营外
时光以惊人的速度
传递焦虑

胸口陡然悸颤
站在青丝的起点张望
从不敢跨出闺房

我在等你
等你的飞鸽传书
记载我们共同的期盼

台风时，荔枝树上三只鸟

荔枝树下，我
左手拽下两颗糯米糍
右手伺候贪婪的味蕾

忽然一阵旋风
骤雨劫持一不明物体
从伞形的树上坠落

带着温度的鸟巢
细腻了我的独白
——鸟儿没有了家

派生遭难的世界
派生启发的气候
派生思考的大地

苗柏攀缘向海洋走去
屋檐下，我仰首
三只鸟依偎在茂密的枝叶中

依依不舍

咖啡洒落春,蔓荆花萼撑破了夏
荔枝与芒果完成雏形,等秋速递荣耀

你揉捏忧伤,荒废着沿途风光
光明和黑暗交界,缄默与表白分水
沧桑不是故事,过去的,是即将到来的

吞一口闷热比海还咸,獒宝困惑成哲思家
哈喇子在吊嘴,滴答滴答,惊醒梦中人

空气寂静,味道比下午茶绵密细腻
阵痛不怕止疼片围剿,投入诗意诱惑
生命兑换无常,爱围合出王座

一板之隔的旧式台钟,正错乱报时
大地晃动,野草疯长,万物之上万物飞舞

策马扬鞭奔古道,无疑前方有人在等候
牵着睡梦的手潜行,你我之间
定有一劫相遇,哪怕亿万年,哪怕一秒钟

霜降的云

云的分娩
急速而又从容
以极具魅力的象征
与霜降同至

即使是云儿
也有着不同的命运
遵循随机原则
一朵云于卯时闪现
另一朵云空降在辰时

在海风的故乡
舒展天使的笑容
以烟雾为魂
缭绕于红尘跨越风雨
以流星为魄
勇敢无畏地陨落繁华

声 息

一张打印纸
无声无息中
从书桌滑落地板
正想着你的我
懒得弯腰捡起来

雁过无痕
无声无息就像这张纸
我决定轻描淡写
决定想你六十秒后
结束对你的思念

念想一旦被点燃
就没完没了了
无声无息地像一把钝刀
疼痛感轻易地进驻了
我的声息

回 忆

异乡的古村落
真没有记忆中的故乡美
追溯到儿时的回忆
难以置信的美
从此,不再重现

记得小时候的家
在一条叫作兴隆巷的街道上
弯弯转转的青石板路
足下发出清脆悦耳的旋律
现在想来并不觉得久远不可触碰

我在异乡的石板路上
回味从前故乡那曾经的我
一阵风吹过脸颊
卷起正在写字的宣纸和笔
吹散了我心底深处那个故乡的梦

孖沙街之恋

你行走曼妙轻盈
如纷飞的蒲公英
唐楼露台上栀子花开
如孤傲的佳人

微笑总在离别之前
哀伤总在等待之后

世间有足够的大海
拥抱港湾
人间有足够的沧桑
雕蚀容颜

憧憬总在激荡之前
释怀总在喧嚣之后

电车叮叮来去
电车铛铛悠悠

起 伏

阳光下
满山秋叶起伏
山峦叠翠
亮闪闪

清风里
清脆笑声起伏
悦耳动听
暖洋洋

山脉中
一双身影起伏
牵手登高
步步稳

你是我的

遇到百分之百的好
陷入糊里糊涂的暖

无论世故,还是幼稚
美好终有莫名的喜感

写阳光味道的情书
拂杨柳得意的春风

远方有没有感觉到
悠长的海岸线
因潮水的节奏
而改变自己的走向

我是你的
终究逃脱不了
你是我的
兜兜转转还是属于我的

愉 悦

荔枝，芒果，黄皮
还有柠檬和苹婆
果树陪伴我，日晒雨淋
是一声声明智的问候
迎来数不清的繁复碎花
每一根树枝都是愉悦

走过春的山峦叠翠
仲夏，我恭候果实成熟
遥想秋后日子会舒坦
兴起之下将画架
搬至通往云朵的隧道口
每一秒光阴都是愉悦

秋的天幕会是怎样
我深恋着
你的呼吸装扮起的凝视
好让步履轻盈地踏进泥土
乡村屋檐飘着饭菜香
每一生等待都将是愉悦

送你一抹秋

从春开始
走过夏
迎来秋
我想送你一抹秋

非我解释
非我辩驳
我天生就有颓废和抗拒心理
无法静心对待不喜欢的人与事
这好像总在妨碍着我的生活
最终栽在任性的痛点上

可是相信老天会眷顾我
喜欢的人和事
我总毫不犹豫地一意孤行
搏命走到尽头
只为可以
送你一抹秋

触手可及的爱

触手可及的爱
是夕阳中的绝尘而去

秋风吞噬着缥缈的云朵
浮动于青青谷
云累了,有风托着
风累了,有树托着
树累了,有地托着
地累了,我却无法托着

触手可及的爱
悲伤着我的无能为力

无边灰暗
空旷苍茫
绝望的梦境中
我,忧愁着风起云涌的浩瀚
追赶着触手可及的爱

在心中留一个圆满

你是我眼里的与众不同
相识第一天就知道
命定双足踏入多磨的征途
一个接一个日夜的企盼
有所兴奋,有所疲惫
穿透生命不依不饶的光阴

山丘,河道,岩石上
用言语交互抚摸
以静视为对方梳理
无惑的初心
在意识深处释放自己
游离于爱恋的光彩夺人

红尘消磨了多少啼笑怨哭
我执着于唯一的你
噘起嘴唇与空气对吻
寄望无形印痕扩散开去
直至消融于你的身体
在心中留一个圆满

生若清风

没有先兆
不知不觉
你来了

没有失望
一分一秒
熟悉了

没有遗憾
日日月月
变老了

没有痕迹
此生此世
深爱了

终究要离去
如奔向银河的彗星
冀望
生生世世的碰撞

念 想

我不想说话
真不想说话
真心不想说话

只想躲开人群
回避语言
堵住耳朵
封闭空间
用画笔记录念想

请你收到这幅画时
也不要说话

我不想听
真不想听
真心不想听

害怕当你开口时
心底堤坝
决口、泛滥、成灾……

兼葭还乡

野渡空无一人
原乡风景依旧
昔日的独木舟无影无踪
难道我错过了登船的时间

冬雨绵绵
河道幽幽
岸边的老树欲语还休
传来一曲箫声飘着恬淡

旧梦失魂
陈曲失词
却涨了我清愁无限
何人留下这倾城的墨染

倚靠岸边扶栏
忽闻瑶岭钟声敲响
回荡在三城三河的上空
我等的那只楠木独舟
不知何时回归

谁说冬天不是恋爱时

死亡不是终结
渡过幽谷走向新生
冬天不是肃杀
迎着北风期待春天

静静地,默默地
无声无息地
于无声处
落叶化春泥
白雪归土尘
尘归土,土归尘
爱情不被尘埃所掩藏

冬天相恋的故事
向死而生的故事
焕然如新
春天在不远的前方

一丝偶然

蜻蜓低飞鸟儿鸣唱
知了穿透天幕的善变
骤雨首当其冲
打落荔枝树杈的雀巢
吟咏爱情的嗓子上火了

爱我的正是我爱的人
各自头上一片天
哪管这片天如何变脸
蒙头大睡储备超能量
授我魔法
你第一个爱上的是我
赐我魔力
你最后爱着的还是我

由远而近由近到远
雷声大作梦中人
闪电侠的独角戏太激情
亲一口就会一发不可收拾
我也就懒得收拾了

空 凳

乐谱无声无息
吻别沉默不语
天空燃烧着美丽

空凳不空,是你
在我左边从未离去
爱,我来不及道说
安坐你右旁
等你轻搂我肩膀

誓言如影随形
诗句滔滔不绝
如海波翻滚浪花

当季候风出现
思念卡住了喉咙
猫咪慵懒,萌犬调皮
笑一笑,再笑一笑
填满心间的
是这张属于你的空凳

往事拍岸

生是向死而生
死是生的隐忍
世间万物耀眼繁华
无非迈向死亡的前奏
踏向永恒寂灭的阶梯

吾生有涯
聚天地灵气万缘而出
纵有经天纬地的雄才
吞吐六合八荒的伟业
千般的眷恋与不舍
终将归于黄土

吾后无际
散尽贪嗔痴慢而悟
静观三界六道的沉浮
冥思轮回涅槃的宿命
欲念的起落与明灭
都归往事拍岸

错 过

纯情、乖巧、无趣
捕获了漂泊不羁
揣摩、好胜、竞争
萌生了儿女情长

无所依傍的人儿
倾心相待,用痴情下注
惊心动魄的生死离别
无法想象的跌宕起伏

假如让再说下去
似经历了整一个甲子年
谁也逃脱不过曾经
面目全非,何苦倾谈

人生终究不只是一个剧本
戏份却未被安排要哭泣
流泪的笑容是冀望的田野
从此你若不再归心,我会在意

我们会活得很好

太阳升起
迷离遁得无形
关上门
屋内的喧嚣
已是隔岸的故事

都市住久了
渴望郊野
与小矮人做伴
与动物交朋结友
白雪公主的童话
将被谱写崭新篇章

自封白云公主
和白云王子男耕女织
我们不吃苹果
不担心魔镜的出卖
相爱随时间改变着
我们会活得很好

惊蛰携春雨到访

月色褪隐
天空用泪水湿润大地

卯时,小鸟像闹钟
披一层雾气飞到窗口

推开窗,桂香暗涌流动
海潮声由远而近

适逢心里念着你
两行热泪不觉滑落

我端起方诸
盛接桂花树上的晶莹

雨顺发梢
一滴滴地滑下去

今夜我等你
举案齐眉,秉烛对饮

蝴蝶像一架飞机

你本是蝴蝶
到底经历了什么
蜕变为一架飞机
呼啸而过势不可挡
扯起我潜在的痛觉
扯起我苦想的凄凉

我沉默我不语
我有难言之隐
我阻挡不了你
我无能为力
我承认自己一无是处
比面对像一架飞机的蝴蝶轻松

云端沉睡着蝴蝶梦
一觉醒来天空还挂着星星
我痴信总有一天
"突突突"飞去的蝴蝶
会远在天边近在眼前
——这如绞的牵挂

爱 情

墙角的番石榴开花了
细雨中愈显洁白
这微香的花朵心思缜密
整年光景才说一句话
光阴不曾遗忘的
终究烙着痕迹
假装若无其事的日子
我祈盼你的舒展，如花儿

晨风零雨中你向我走来
笑容比节气更有诗意
爱情让我们获得了未来
极其期待有一种可能
在我生命终结之前
能娓娓道来你余生的故事
雨还在落，墙角的番石榴
继续舒展着如玉般的洁白

岭南的小寒和大寒

导航仪口是心非
混淆光阴的两岸

小寒懵懂候鸟的冬衣
大寒勾起夏装的欲念
汗从错乱的裂隙中迸发
矛盾向宇宙敞开心扉

光阴在静候爱情中虚度
不敢轻视每片玫瑰花瓣

尾牙,满桌沪上滋味
撩拨筷子征服的快感
香菇烤麸和油爆大虾
荤素到底哪一款适合我

万物在我眼里缓慢安静
不由自主地思量起某个人

新年红借头牌美名暗示
——世界欠我一首好诗
念及此,也就没什么遗憾了

将心比心

远方那场雪
是我身处酷热的肉身
沿着海岸线对面的将军围
红树林湿地露出了泥泞
傻子从来不觉得自己傻
——海的尽头定是归宿

我把从天庭带到人间的
唯一的一片云彩
折叠成百宝袋的形状
藏进了樟木箱底
祈祷明夜随寒冷刺骨于飞

预报约会地将阴冷夹雪雨
不知有否浪漫色彩可言

猩红的指甲在手尖燃烧
火苗底部的低垂，使我苍白
还有凛冽中掌心颤抖的皱褶
我只愿归为尘埃在风潮盛行中
席卷成刺痛，永生回味，永世难忘

酷 热

品尝着盛夏的滋味
从火焰山的峰顶纵身一跃
悬崖绝壁上灰白的粉末
抖落了很长一段时间

身披红色的斗篷
即使是汗流不止的酷热
坠落时耳边的风声
将汗珠撞击成丝丝不被遗忘的咸涩

野草摇曳生姿
从地平线升起
梦一般遥远的繁枝茂叶
茁壮成长为巨人

岁月在长庚星之侧悄然布局
像一片片宽阔的绿色植物
消失在沙质滩涂的湿地
经受了最为沉重的坚实历练

我,再次安坐破败漏雨的老屋
静候递上那杯冰镇红豆奶茶的吴妈

乡 居

我身处一幅浑然天成的田园风景画
这不是久违的感动,是耕读的常态

在村庄住久了,进城探亲访友少了
拜访少了,来探望我的人自然多了
呆坐到夕阳西下,呆坐到月亮升起
呆坐到繁星满天,呆坐到曙光初露芳容

大自然有情绪,总隐藏着金子般的光芒
丰盈而沃美,悲情的词牌也能吟出轻快
季风拂过洛神花田,投入大地的怀抱
树披翠叶,赤果挂枝,日子挤满眼眸

沉迷大自然吧,营造属于爱情的氛围
日子在继续,我的名字里,有你才算完美
总有一味佳肴美食,可洗去你的疲惫
我们畅饮洛神红,一切尽在琼浆玉液中

面对你,我要倾吐清醒的话和梦呓的语
应该说的和不该说的,说尽的和说不尽的
阳光透过再生须根,在村口百年榕树下
两只唐狗在熟睡,我站着,盼你含笑而来

私房菜

海天一色忧郁了白天
只等寂静用漆黑把夜温暖
腾起寒气的山不知何时
已转身,挡住了我的去路

枫树冠遮挡视线
阻止不住味道的弥漫
掩盖不了私房的诱惑
佳肴美酒的歌声穿透力十足

猪牛羊鸡鸭鹅鱼,静候
饥饿的我牙床已弱化
用比獒更敏锐的嗅觉
搜索每一丝秋萝草木香
果腹,长命过百岁

瓦煲内是加足料的老火汤
粉肠和猪横脷,鸡骨草和赤小豆
祛湿功效充斥神经
被强迫连喝四碗,醉意朦胧
天晓得是食物还是药物

只知道,此时的我,已入俗套

城 墙

风卷起黄沙
云朵扫荡天空
鼓角奏响了挽歌
守护神用胸膛加高城垛
登上城垣等待金戈铁马
迎一场巅峰对决

狼烟背后隐藏什么
是兵锋还是玉帛
是抵抗还是拥抱
是毁天灭地的阿提拉
是以德报怨的萨拉丁
是与城池共生
还是放逐捍卫
把旷野作为坟冢

城墙的石缝间
青苔枯了又绿
绿了又枯
有乌鸦
站立在城门的旗杆上
让蛮荒胡虏用血和命
献上对城池的崇敬吧

在一起

他喜登高望远
侠客般矫健飘逸
纵身就能跃过苍茫
有如八月的大海

旷野荒山奋然行进
有一年下雪时一路欢歌
那时候我多想亲一亲
飘在他发际的雪花

迷人的微笑世间难觅
独具魅力地隐匿又舒展
不浮现时其实并没有消失
总会潜藏在他的眼底

追逐节气的花开花落
他寻觅着世外桃源
我宁愿不要世间的所有
找一处清溪瀑布
选一方悬崖绝壁
择一隅田舍草屋……
与他安坐在一起

即使片刻，哪怕瞬间

好 书

一本好书
就像爱情
难以抗拒,难以割舍

最好的爱人
是一本百读不厌的书
打开他,像展开一段
怦然心动的感情远征

经得起品读玩味的书
是极品中的尤物
欲罢不能,欲舍难休

不爱说话的我
偏偏喜欢默默感受
光阴在字里行间游走
即使只窥到吉光片羽
定要沉溺于那远离尘嚣的幸福

我不能拒绝好书
正如无法拒绝爱情

无眠夜

时钟的指针永远分岔通向无数未知
伤感空气中弥漫的花香的柔韧美
姿态来自蔗地的甘糖于水中液态流动

婵娟在竹帘背后窥视波光激起漩涡
越是夜深越想用意念阻止月影的消失

农场的日子慢不得急不来
那是不用语言只需手不停心不停
坚信二十四个节气精准的日子

那是把种子撒下浇灌出果实
把洛神花儿掰碎风干
泡入用谷脱粒大米发酵成酒的日子

那是日落后切碎炒熟的桑叶
加入蜂蜜烹制成茶水
再嚼两三颗桂圆干的日子

你生活的地方如何度过
你在哪里安居又为何而乐业

自相矛盾的人心啊哪天离世而去时
你带上我，我带上本地食物
风雨无阻一起上路吧

七 夕

两处愁情
感慨每次见面
云美梦奇
爱恋并不美满

潮热阵阵
雨水场场
福娃从天而降
喜乐盈盈,意外
总能抵御无奈

含笑对视
虽不喜欢异地
但我爱你
你说——亦然

我想在你怀里
小鸟依人
不是没你不行
有你,我们更好

真有银河
那就跨过去
紧紧地拥抱
终究必会在一起

爱的国度

你的心,富丽堂皇
我的心,云淡风轻

我们不谋而合
我们殊途同归
我们不约而同选择对方

刻骨铭心的花絮
如云般轻柔细腻
放任自流,一泻千里

一闪而过的道别转身
散落满地的黄金岁月

望着你远去的背影
我只想停留多一秒
多一秒,再多一秒

我们的故事
一秒一秒在累积
留下温度和柔软

我们的回望
许你不老的容颜
许我不悔的誓言

孤

我,走在山丘
爱恋与日俱增
甜蜜和苦涩在肿胀

每轮斗换星移
每度寒来暑往
不过千篇一律催人老

飞鸟尽全力盘旋
寻觅情感轮回的真相
紫荆落花满天云
一缕孤烟红尘飘渡
纵然缘浅,奈何情深

夜半,花烛荡燃
借一杯香茗邀明月
浅杯慢咽,轻尝
愿情凤配痴凰
地老天荒

双枝有树
原本同根源
一曲三生三世
唱尽人间聚散情
只盼来生,不受相思离恨愁

与往事干杯

天际光芒照亮
是不拘一格的风华
我们裹紧透凉的空气
唱着红花照碧海的情歌

寒冬赋予流水新生
纹路绝美,冰封幽远
魔法世界的相濡以沫
能看到,也可感受

共享一碗面疙瘩汤
仿佛在此地生活了许久

庸常中,更多的人
背着翅膀却只在行走
飞吧,不如念旧迎新
闲来踏云度余生

我们不是饕客,只是
独一无双的神仙眷侣
车水马龙的喧嚣已沉默
温泉正汩汩流淌

今夜,与往事干杯
醉倒在温榆河畔,可好?

为生命所思

遵医嘱服药
一碗苦汤催眠念想
无奈每个时辰醒来
如獒犬的生物钟
定时环视领地
触及脾胃的猛兽如洪水
魔咒藏在远山里一人肺腑
这人俯首苍茫听飞雪长歌当哭

创痛由来已久。我听到
从不曾听见过的呐喊
那声响匍匐前行溯风而上
是花开两端的率然的他
是棒喝下醍醐灌顶的他
我在这片声潮中隐没
嗅到山谷渊间飘荡起
淡淡的木头清香
是走在桃林夸父追日的他

壮士，我为你祈祷
别让倒春寒伤了你的江山美人

洛神红赋

戌亥交汇
黑暗重新链接天地
宇宙恢复混沌
你以造物主的名义
向我宣告懿旨

当赤诚成为宿命
灌溉洛神之灵
近乎洁白的最后那抹猩红
如湿润的吻俘虏万众之心
复活玫瑰茄血藏瓶中的魔咒

从此长夜漫漫
我梦见你绽放诡谲的笑
然后我们沉入画中
喝下洛神花酒
浑浊的迷蒙具有普天下的期待
大片有秩序的红在尘世翻腾
天空沦为地堡
弥来早春的清香
敏锐盈睫催生晶莹
我光着脚丫奔走在田野
影子四处追问：
我生根的泥土在哪里
你——流落为谁的娘子？

明 月

清风掠走浮云
银辉撒向大地
一样的恬静
别样的心愫

曲折幽怨
隔绝不了依恋
千山万水
斩断不了情思

曾几何
蓦然回首
可望而不可即的彼岸花
在黯魂萧索中摇曳

终难忘
心跳的告白
积聚孤泪沾衾的思念
在执念不悔中默然

欲斩情锁
可最终的意念
与最初一样
犹如明月依然

来去匆匆的你

如果
梦境没有你的出现
那么
我希望梦里有田野

大片大片的绿
我会站立着遥望远方
期盼你的到来

如果
梦境没有绿野的出现
那么
我希望梦里有天空

大片大片的蓝
我会飞翔着奔向幸福
拥抱你的到来

梦醒时分
我发现
田野的绿依旧翠绿欲滴
天空的蓝还是蔚蓝碧清

白 露

清风明月起舞翩翩
夏夜私语如痴如醉

莲叶上一滴白露
透射了温情的秋霞

窗外秋蝉低吟悠悠
天边白鹭双宿双飞

菖蒲上一滴白露
送别了远行的炎夏

凤蝶迷芳忘情依依
万里婵娟此思彼念

窗棂上一滴白露
见证了轮回的厮守

天鸽帕卡风雷滚滚
北去珊瑚渐行渐远

玉阙上一滴垂泪
化作人间万千的白露

领你进入我的领地

不知是你福气
还是我福气
不知是我幸运
还是你幸运

我知你横舟一叹
搅了苍天
可我那破空一笑
有否乱了你心

夜露升腾,起伏滴落
领你进入我的领地
这里花瓣舒展
这里涓涓细流
这里伸手不见五指

寂静无声,乐音有韵
此刻的青青夜晚
幽暗的蔬果已入睡眠
涌动的花草肆意飘香
消散在遗忘的山谷

篆刻记忆

亿万年日月锻造
我的身躯,唯有金刚可催
我是地球最昂贵的记忆
背负着厚重使命,与你相遇
掷地便是金石的铿锵
这份至交
世间万物何以匹配

就安顿在刻床
一切交付与你
我不吐露自己的身世
藏起往事只为成就你此刻的美丽
钢刃游走,我不言悲
剖开经年的外衣
滴落细碎的尘埃
我终于用新鲜的血肉
刻下你的名字

请蒙上神秘面纱
我们还能保持最后的矜持
相见时你总会小心翼翼
白色宣纸钤个朱吻
凝结神思为岁月留白
我们合二为一
铭记这精彩世界
释放太阳、天空和大地
还有你
和我的秘密

招小波先生说我"大个囡"了

认识他
源于中国大湾区诗会成立
我在珠海九洲港码头
恭候与秀实同行的他
他是香港先锋诗歌协会会长
写诗信手拈来

至今为止
他为我写了十首诗
从《待渡亭》开始
到《纯净水》
再到《一滴入魂》
每首诗都有
《施维的理想国》的元素

当他知道有人约我
我习惯在麦记
叫汉堡可乐
或者薯条加冰激凌

笑道：你"大个囡"了
长齐牙齿了
以后有人约你
必须去酒楼享用正餐

烦心的雨

当天空不再飘雨
男神在哪里

他会用彩虹编织锦缎袍服
在下一轮明月升起时
用通晓诗歌的思想
让村头老榕树开口说话

我虔诚地祈祷——
请雨水明天不要来
留多一点的时间
多一点的空间
多一点的耐心
我要精心梳妆打扮

时光无情地抛弃我凡俗的奢望
痴心梦想粉碎在雨中交响曲
下吧,下吧
一场场无法阻挡的春雨

水一样无形
听不见春天的故事
不知晓太阳和月亮的味道
更不知道男神长成什么样子

别怕,跟我回去

好可惜
刚见面就要分开
相识为了道别
分离就是重生

如果感到我的炙热
请凝视我的双眸
别怕,跟我回去
你是我最爱的人

生命的某个时刻
一起化为火焰吧
之前的日子
只有你能让我死亡

我们有异于常人的力量
在起死回生之棺内紧抱
别怕,跟我回去
我会为你隐藏真相

看见的灭未必会是灭
看见的生未必就是生

海哭之后

在善良与嫉妒的较量中
爱的衍生与繁殖
比绝望的挣扎更突显
更加坚定无比

海,就是这样
一部用行动诠释的交响曲
记忆中的眼泪
被不朽的浪涛拍岸嗤笑

当夜幕横扫一切
天地间的身影
轻盈的渺小的飘逸的,如空气
是传说中临去天国之美瞬

看见海市蜃楼的万马奔腾
看见黎明破晓时分跳跃的海鱼
看见洁白无瑕云朵的空中楼阁
看见悄悄消融里的万千祝福

终于嗅到了熟悉的气息
那是曾经耕耘和播种时
泥土的芬芳

沉 思

春雨飘落,在榄边①之边
村口老榕树的气根须
缕缕鲜活,沉沉地挂着水珠
一滴滴顺时光,迸赴大地

深情中,世界分秒记录真实
距离一步之遥,曾有大片油菜花
根茎挺拔惹人,透过花蕊
用柠檬黄表白爱意,饱满而热情

光阴从没有欺骗,当时节推进
终究躲不过命运的挤压
只能放弃那渴望和等待中
属于自我的天马行空

晨光铺洒,在岭南之南
年复一年,已荒废了青春
企盼在余生,觅最佳的方式
在回味中静默虚度

---

① 地名,位于广东省中山市南朗镇,青青农场所在村落。

难表相思

推开蜗居窗扉
寂静中格外敞亮
那诱惑我的
是日照时
对镜贴花黄的翠鸟
是飞舞的玉带凤蝶

年复一年
葡桃花萼又开裂了
那安抚我的
是贺兰峰和祁连雪
是洁白的冬日之后
与你携手山径的起伏

以我的幻想
你会发现
春水高于云层
雾气缭绕的心啊
正竭尽全力地
修复受损的细胞

我的双手在下雨

雨夜送给清晨泪珠
淅沥沥
哗啦啦
赠予留下了寻觅的痕迹

踏着弹粉细雨
我立即转身
回到昨夜的天空
找寻那颗不变的恒星

清晨泪珠纷飞飘落
一缕清风
一道光芒
说来就来的晴天

我手中捧着的星星
光亮在慢慢地
慢慢地变淡
直到变得无影无踪

阳光透过树叶
我的双手下雨了
淅沥沥
哗啦啦……

春 分

又到桃红柳绿
鸽群飞翔不停息
椰树摇摆起柔润
木棉花盛开在碧空
老榕树探出了新芽
季风催促荔枝花纷飞

我安坐庆龄湖边
观一尾尾鱼的眼睛
它们的春天分左右两边
哪边眼球的爱情地老天荒
四季歌唱了一年又一年
冷了芳华热了繁华

脆肉鲩等不到来年春分
圆月日已找不见妙龄鸽
价格与食客寿命挂钩
坊间传闻如唐僧肉
以庖丁指引困于砧板
归于口腹弃于沟渠

我不碰凌迟后的美味
包括生滚鱼片粥
我的春天分成荤素两种
从掩埋食者与被食者的泥土中
最后一丝体温发酵泥香
催动勃发生机新芽辈出

又到春分

又到春分
桑葚以甜入心的奉献
细腻了我注视下的漩涡
刺眼也深邃
像是满脸的眼泪
储备在心田

晶莹充满春的身体
嫩芽破土而出
于朦胧之中
云集成如山般傲立的青葱
我孤身逆旅
沿途满目希望

山丘上空
一扇青紫巨蓝的大门
稀薄地与阳光同在
我要迈进去
方可实现过眼云烟
平息梦幻时跳跃翻腾的心

天涯咫尺

篝火映照容颜
大地擦亮面目
恋人,你荡漾着的爱
用双眸化我为纯真
那层幽蓝幽蓝的眼神啊
是贯穿始终的情书

你牵着我
穿越风水岭上那片茂密的
忧虑重重的树丛
我跟随你
走向九渡桥下那条悠长的
透彻心扉的小径

你柔滑的黑丝卷过我的额头
我的心分秒都在你身上逗留
明月泛起小舟睡意蒙眬
我多愿这样的须臾
只有我们,永远
谛听大海一浪接一浪的歌声

雨 潮

骄阳似火的夏日午后
一声巨雷震耳欲聋
席卷的梨花潮水般涌来

骤雨山头荔枝初熟
荔蟠匍匐在欲滴的硕果
雨痕新染黄绿葡桃
我低眉信手拈起双果

是时候了
该柔情的要柔情
该舒展的要舒展

万物蕴含无尽奥秘
山丘因地幔对流而耸立
生命的光晕与天地斗巧

身体里细胞的修复
在微观中神奇再生
激荡将层层分解出窍
溶落典雅的海洋之波

是时候了
该复活的要复活
该豪放的要豪放

在心房播下种子

每一步都是微妙的
仿佛又是深思熟虑的
其实根本没有经大脑
只是随心而动

元旦伊始
只因你的一句话
也许是随口的说话
我就欢天喜地地赶紧藏进心房
把这句话当成一颗种子埋下了

也许
你就是随口的说话
可是
我当真了
真真切切地相信

我细心呵护播下的种子
静候发芽、开花和结果
也许到秋天
你说过的话
会出现在成熟的果实上
我将它们一起送给你
你会接受吗

很爱很爱你

爱你的人
也许很了解你
了解你的人
却不一定爱你

我不了解你
从没见过面
也没有擦肩而过的经历
可是，我爱你

不了解你的过往
不猜测你的未来
我只是静静端详着你
把心底最深的爱给你

哪怕你无动于衷
我依然默默爱你
用我的方式
永远爱着你

我不了解你
可是我懂你
因为懂得
所以爱着
我不了解你
但是我爱你
很爱很爱你
很爱很爱你

白鹭蒹葭

二人行，其姿卓卓
二人止，其形熠熠
栀子花，满城香
硕人琴韵，绕梁三日三

野渡空余无人踪
楠木孤舟，漫卷丹青染江树
青丝已及腰，着霜望红尘
封缸陈酿一世世，泣饮一杯杯

良辰美景奈何天
三城三河，山川湖泊星罗棋布
泛舟顺流逆流，若隐若现
仿若伊人在水之涘

燃点草堂火把
照亮异域葡桃的三轮青铜盘
却不见夫差赐子胥的绝命宝剑
院外半月之下，一片芦苇依水而居

刀锋嗤嗤，玉粉泛起
誓言盟约之信物流落他乡
起身吟诵如失恋般的酒歌
式微，式微，胡不归？

一对白鹭飞入子城，停息竹木井边
一只弯颈向水，一只举头向空
君子欲闻何曲？胡不归，胡不归？
天下无双的《蒹葭》，盼君归

无心以对

伶仃洋的海鸟
在一夜之间长成飞机
穿过青青谷
奔波劳碌的人们啊
是否也和我一样
喜欢躺在云端
在花香中用沉默去示爱

桑葚于榄边
活成一条条涌动的暗流
春雨的梦藏在坠落中
我背起温驯
把敦厚刻在心里
缓缓地
跌倒在明月的光环中

终于
我有了饥饿的感觉
月亮像一块缸炉烧饼
弥漫着醇厚的芝麻香气
延伸到黑暗边缘
这就是皎洁
我饱了也累了,该休息了

天 真

你从未离开
遗忘的人是我
妄想把日与月统统忘却

时间流过
不可挽回
雁过总是留痕

蓦然回首
那张开的翅膀盈盈浅笑
如此温情如此
如此执着

细雨霏霏洒洒
漫天苹婆碎花
叙述寂静
落英飞舞
我愿长满微光
谦卑地安歇在树上

人间四月夜
金色洗涤无界暗黑
谁宽宥了比真珠还真的天真

住在天堂的地方

光明之顶
从你的瞳孔放大
拷贝在我的世界
快意就在身边
出发的起点是白云
舒适在崭新的高度
趔趄成舞蹈

腐烂在此停止
闯荡人间的痛楚
将你我侵蚀成一对
有福分的恋人
忧郁像河流
网系密布地流淌着
优哉成五光十色的天赋

渴念悠长
享尽千年一瞬的再生
歌声与富足的氧气同在
与天空的制高点同在
哪怕闪电雷鸣
顷刻间土崩瓦解，我们
从来都没有失去过一切

空中有朵你做的云

你有时候很沉默
我不敢打扰
想着自己的小心事——
换季时绣花鞋和旗袍的样式
毕竟光阴是用来思考的

我们相距遥远
生活在各自的环境
小的时候只能相互等待
长大了终于知道
"空中有朵你做的云"

我们与晨露一起睁开眼
在鸟儿啁啾中拥抱世界
落日余晖时深情缱绻
清风细雨里耳鬓厮磨
我们喜欢阳光
谈论天空的颜色看来去的飞机
我们喜欢明月
细听婵娟以均匀的呼吸数星星

我把头埋进你的怀中
你轻抚我的秀发
风传递喃喃细语

蓝天羡慕地端详两团洁白
我们摆脱大地的束缚
像跳跃的精灵撒欢
晨展暮合永远只说一句话
"空中有朵你做的云"

虚 度

失眠，是为了思考
金木水火土的几何形状
把它们拼凑好
缝制出飞天盛装

足一个世纪的距离
横亘在天南地北
我们不缺食物而缺胃口
地府天庭哪条是出路

你用一生储备的勇气
不再腼腆地告诉我
曾经在夜和日的秘密
原来尘世比不上仙境

我用修炼千年的功力
把两颊铺满雀斑
杜绝无瑕陷入完美
毕竟天上没有人间好

灵魂和肉体哪个更胜
无论深爱我的是谁
谁又是紧随你的人
虚度，包含了我们的全部

我相信了命运

当我呱呱落地
飘雪的天空被阳光阻隔
一片金色的海洋
翻腾在大地
小绵羊一路悠悠
像白云,贴在床单上

南方之南响起风声
伶仃洋波浪翻滚
夜色朦胧时
候鸟的岛屿若隐若现
明月情怀寄于我

是时候要想一想
这里的冬天青翠欲滴
让我带有敬畏之心
粮食和蔬菜
不再以生存的名义
酝酿于泥土

只须一阵绵绵细雨
嫩芽便妥妥冒出音符
跳跃的颜色革命
多么安详静谧
我与会唱歌的鸢尾花
惺惺相惜

这时，我相信了命运
不同于身在江湖，杀伐的记忆
也许，命改了
余生的福分也改了

秋 分

白露之后某个夜晚
被自己的美惊醒
索性坐等东方破晓
微风抚摸肌肤
月光为我笼纱
任遐思在天际飞舞
竹叶轻叩灰砖的沉默
窸窸窣窣的低吟
奏响了深秋的前奏

万籁寂静中谁在叹息
窗外的风雨尤像仲夏
暑热被雨滴压在地上
升腾起无名的烦躁
蓄积内心中的焦虑
炙烤着本已脆弱的神经

等待一个
奔涌而出的缺口

秋分已近眼前
自己被琐事累倒
无力地缱绻吊椅晃悠
苹婆树的影子
无声无息潜入屋里
似为尚未抵达的你
捎来一个口信
让夜莺再次欢唱
渐长的夜晚
不再是期待的苦情

写给自己

古老的与世隔绝中
我光着脚丫
踏出杜鹃的殷红
田野给我粮食
给我蔬菜
我没有忧伤
每天在晨曦中醒来
贪婪地抱着空气
以风为舞

老天垂爱
将我安置在阳光里
于金色中跳转
白云也被我吸引
飘浮着游近
天空不能下雨
我的心也不能有雨
她常年赤裸着
饱满地燃烧成火焰

爱情摇撼我
在尘烟熏香的大地
我常凝视天上的飞鸟
铜铃般歌声响起时
能阻挡片刻天色
截一段入画的光阴
我爱的人是谁
在我出生的那一刻
答案已悄然布局

垄 边

南朗用季节密令征伐我
会唱歌的鸢尾花,口干舌燥
与感冒的嗓子一起撕扯

蔷薇紧缠住竹篱笆
芒果透出了诱人蜜意
青色甘蔗顶着荔枝花颤抖

黄皮和葡桃争相绽放
如盛夏沐浴后涂抹的粉香
如江南的蜜桃匹配舌尖上的阳山

洋紫荆蜂拥奔赴泥土的盛宴
榄边洛神正冒出诗歌的嫩芽
食用玫瑰来自天界殷红雀斑

粗糙的桑椹枝柔软地摆动着腰肢
用活血的激情深藏存在的意义
誓将酸甜孕育出地老天荒的传说

此刻雪的种子撒落燕京大地
北国拉住春风十里的衣角
邀约一场同返恋爱的寒意

红尘万层，白雪横空
山谷都是没有皮的檀树
未到过的地方是初始也是终结

千年藤蔓飞升一座鹊桥归路
山中来龙在左，厚土之神在右
花仙子纵身一跃将过往抛却

我感到了寂静
很深很深，很静很静
像指尖刚掐断的那支鸢尾花

为爱而活

我在喧嚣中
沉沉入睡
梦境接二连三
天昏地暗
躯体不愿意苏醒
牵住我魂魄的
正是你

我们相拥着
站立在凤凰山上
一曲尺八
引来十几只雀鸦盘旋
曲终飞散
夕阳还未抵达
漫野的枯草金光闪烁

下山之后
湿润空气淹埋呼吸
手挽手
我们尽享自在
渴望在蓝天中突变
成为任性的白云
一起飘飞

我爱你
万般的风情
你是命运赠我的诗心
梦寐里许诺着
五彩缤纷的秋萝
覆盖四季
无论枯竭还是盛放

当光阴
流淌着情
你把一日三餐
都注入云端
再也不见飞禽掠过
滋长爱的云梦世界里
我们十指紧扣

谷 雨

骤雨初歇
零时十五分已放晴
吻别春姑娘
转身抱迎夏日公子

多么草率的挥霍啊
湿润季风在涂鸦
夜的底色
找不到一丝皎洁

老榕树下空荡荡
耕耘的土地在近旁
你曾说重逢即将到来
而此时，重逢已经来到

忧 郁

河水横在古桥下
缓慢而悠长
吞噬天空每一片蓝
清晖躲进樟树
寒气席卷
潮湿中疲惫不堪

只相隔半月
烈焰肆虐
一座教堂烧了
浴火后
水比森林更辽阔
比钟声还贞节

岁月惜字如金
借水火让耳根清净
敏感人自始至终
绕不开裂变的伤痕
譬如你和我
忧郁如随身携带的行李

拉 黑

信号骤然串起
墙外的困惑
疑虑不请自来
恍惚于轻吟浅唱的游鱼
鸢尾花呼唤垂柳
在水渠中
用柠檬黄的眼眸
翻搅我的夜色

自己是灰白的云
没有花肆意
没有水笃定
漂移于微颤之下
荧屏有无边的宽容
用辽阔示意忍让
我回顾碎片的过往
红玫瑰满地

一只青蛙
被群獒追至我脚边
妙不可言的预兆啊
即使，花朵拉黑春天
阳光拉黑光阴
恐惧拉黑明日
语言拉黑诗歌
宝贝，我决不会拉黑你

头顶长出蘑菇

西风不来
竹帘久未卷起
月光顺竹条间隙
钻进蜗室
隐约照见坐在地上的我

书籍堆砌成山
有等待分类的杂物
我惰性的旧患
潜伏着,久治不愈
唯一解脱
莫过于病入膏肓算了

我终于有机会孤傲
拒绝万物投来似火热情
让蘑菇于无中生有
在我头顶
撑开一把又一把阳伞

蓝 山

一杯蓝山又在摇醒我
酝酿一场头脑风暴
我离不开人世升腾的醇香
委身它并交付所有幸福
在心死之际共一次涅槃

北方的谷子早已收割完
南方把稻秸一扎扎杵在垄土上
这些也是我啜饮的蓝山香
我习惯依靠这虚无之境
看远处一道白色闪电驰来
那是缝合大地伤口的
在我眼中飞针走线的城际列车

日复一日
蓝山总将我推向万籁寂静
我在其中深埋相思
瞬间清醒足以灭绝懵懂
你若来，我们
即可孕育一个崭新的未知天堂

春桃红粉漫

雪覆盖斑驳枝叉
空气净美圣洁
吞噬受冻的震颤
调色板混出春桃粉
荣盛十里妖娆
我抿嘴笑而不语
蜿蜒的四月
在山岗回望来路
你胸佩桃花疾步赶来

我们不知疲倦
收纳每瓣花的清香
等花萼裂片终成果实
安居古旧石屋
隐于叶茂枝密的桃林
满树娇颜映红路径
你我纯粹是新人
尘世的热忱和幻想
洒落在起伏连绵的群峰

笨 笨

欧罗巴海是诗人
每首诗如影像呈现
曾在一个故事里
给一只老鼠起名笨笨

燊妈的狸猫叫笨笨
虎皮纹路,爱瘦肉和蛋黄
青青分水岭四处奔跑
喜趴在村口老榕树上小憩

笨笨与笨笨
也许有讲不完的瓜葛
同名同姓纯属巧合
谁是谁的前生
谁又是谁的后世
想必冥冥之中已注定

小夜曲

星空笼罩街道
点一杯蓝山
盛满夜色的再生杯
是身心俱损后的蜕变

眼前灯火辉煌
莫扎特小夜曲环绕

忽然流星划过
苦涩中闭目良久
昏沉的思维转动了——
不随意开始,不轻易结束

2020，争取凑齐

诗人佟声来自唐朝，为五斗米折腰
故事发生在二十世纪九十年代初
从此每年重温，以资纪念

仪式以突然卡机替代正常运作
待机状态漫长又焦虑，只能静心
这不，猪年吉祥，他卧龙等激活

他说诗人艾若喜欢开各种会议
还腾云驾雾开到国外去，定是妖怪无疑
于是我隔空喊话，遥祝他早日康复
也能像妖怪随处走动，嘚瑟他的诗文

我转告他，艾若说到2020
我国全面脱贫进入小康社会决胜阶段
凑齐聚一回，包括我与长官

他说到时画熏肉大饼给长官和艾若享用
我是仙，露水他画得也是很好的
哈哈，我又看到了活蹦乱跳的佟声先生

暮春行

我去了云顶
去了根据地
去了鹅城
还到了桃花溪
孤山的泗洲塔下
平湖微波荡漾

一阵雨一阵风
桃花零星留丹点翠

我兜兜转转
沿途风光
引我走近浮华尘嚣
夜宿小金口
对镜梳青丝
又多了些许银色

在夏日来临之前
我一定要找到你的小金库

爱我的人何以沉默不语

炉火熊熊
爆谷者左手拉风箱
右手逆时针转动焖罐
一声巨响
震荡飞絮的木棉
绝唱锤炼于高压下
崩裂成兔唇小嘴
忘却前世谷粒的金黄

爆米花摇晃在唇齿间
我用力咽下诱惑
唤醒一群绵羊
辨认发红芽的樟树
争论春风是冷还是暖
星星到底有多少
爱我的人何以沉默不语
询问凤仙开花的意义

哎，涂满黑夜的天花
迷幻着说不完的泡影和遐想

演出随感

聚光灯笼罩我
戏台下座无虚席
三秒钟空白缓过后
掌声响起了
戏如人生
人生并不如戏
生命的隐忍与追求
几出折子戏岂可完显

不管虚实真假
不管对错好坏
我只管年复一年
看四季在节气中转变
泥土长出果腹之物
青草和野花四季竞放
风雨剥蚀我的躯体
没有喝彩和欢呼
那才是真实的舞台

雨中榄边

这夏日浩荡
步履急促而失控
闪电陡然巨吼
又一座老宅坍塌了

乡径拖泥带水
废墟为残骸衬托惊艳
前仆后继扑落大地的雨
被风刮得晕头转向

雷鸣滚滚
都说光阴不倒流
可这与世隔绝的午后
犹如洪荒之世

带病活着

我鲜活地活着
我严重地病着
循环往复中交替呈现

其实不得不承认
你和我一样
也是如此

我们往后的日子
一如既往,甚至会
病得更重,活得更生猛

天外飞鹅

微风拂过田园
山坡盛开无名小花
周围野生野长的大树
乡村的平房炊烟升起了
谁泄露蓥所在纬度
鹅不远千里定点飞落
从此至死不渝
多么坚韧又美妙啊

你差遣你的使者
把纯洁赠予漫漫长路
我所寻求的答案
必有一天忽然进入心殿
所有的影子随时针转动变幻
充盈日月的气味
像鹅似的昂首挺胸
步履更矫健

听 雨

醒来的第一件事就是听雨
不，我是在听雨时醒来
习惯用耳朵表达对天空的理解
风的魔力，水的姿态，梦幻般的雷电
在我的枕边汇合——
一滴雨、一丝雨、一阵雨
瓢泼的、滂沱的、绵延的、柔细的
只为等一个声音从遥远呼唤我

上一滴雨声消散在哪里
下一滴雨声何时会响起
万物具有穿透力
雨声正是心室的回音
我那么矫情，那么痴迷
曾在雨檐下苦恋玉兰最后的香尘
而我又那么弱小，碎若雨屑

其实，我愿变身一滴雨水
挣脱万人景仰的自由天空
完成一泻千里的奔流
哪怕坠毁在大地，渗透腐土
哪怕在雾气里升腾，姿态难看
只愿在我的漂泊处有你
风停时，阳光明媚时，有你的歌声

磨砺过的四季刹那皆无
再回不到沧海桑田
像不可抵达的你,忽近忽远
一片纯粹的土地
一间纯粹的屋子
空空如也,也能承载敬畏的无常
收留一对纯粹的人儿

假如变成真空木框玻璃内
一枚永远张翅的玉带凤蝶
假如率性的双舞烙印在变幻的云端
智勇兼备的人类其实是懦弱的
伪善的面具,愚蠢的恐惧
怎经得住在一场接一场的雨中
全身心托付给自然,永结于一点灵犀

岁月不是听风就是雨的季节
天空之城上演着爱情的苦恼剧
一如情窦初开的热情和迷茫
湿润空气中沉浮着稻花的特殊香气
我停下听雨的懒散
走进瓜棚摆弄花叶
只为看一眼垂坠的白日梦

再不能犹豫而错失良机
因你,我随大雨一起哭得稀里哗啦

伴着雨声深陷不舍昼夜的相思
恰是沧桑苦旅的细嚼慢咽
渴望从每寸肌肤发出了吟唱
坠入昏迷不醒的深渊
临睡前，我依然还是在听雨

附录一
人生佳酿《洛神花红》

招小波

两年前我初识施维,她是新时代的"香港知青",端庄大方,优雅得体。在城市化的今天,淡泊名利,人弃我取,告别迷宫般的都市,走进榄边,创办农场,荷风碧雨,耕山种水。

她写诗两年多,出版了《我想是一朵大红花》《理想国》(合集)、《洛神花红》三部诗集。其中《洛神花红》这个书名,我猜是由于种植"洛神花"而来,或从她自酿制的"獒妈洛神红"酒中提取。我写过一首诗《一滴入魂》:"施维赠我的洛神红/是用她亲手种植/红宝石般的洛神花吟酿/所谓吟酿/是一边吟诗一边酿酒/难怪如此香醇/一滴入魂。"

诗如其人,她的诗如她酿的酒般香醇甜美、醉人心脾。汲她一首《自恋》细品其中滋味:"我时常目不转睛地/端详自己的照片/也喜欢站在穿衣镜前/从上至下打量自己/最后总会把自己迷倒——/我为什么长这么好看呢"。

三本诗集,她的诗艺接连登上三个台阶,得益于非凡的人生经历、深厚的文化底蕴及简朴的耕读生活给予她的感悟。前后相比,思想深度、艺术感染力……都呈现质的飞跃和升华。

中国诗歌的源头来自田园,祖先的《诗经》来自田园,《洛神花红》正是她田园生活的佳酿,她生命汩汩不绝的佳酿。

2019年4月28日

(招小波,香港先锋诗歌协会会长,《流派》诗刊主编)

附录二
诗也是梦的解释

秀 实

诗歌书写所抵达的终极目的地是现实世相中不存在的真相畛域。这个真相并且是诗人独一无二的发现。如同寻找到通往"桃花源"的武陵溪航道。后人是"寻向所志，遂迷，不复得路"。诗人的世界可以简单到只剩下一个农场，一间别院。其主要的社交可以是一群鹅，或一群藏獒。问题在能否于其所接触的"外境"中寻得到真相来。诗人施维在中山榄边开垦青青农场，建立她的"理想国"。她可以"不知有汉，无论魏晋"。如此一个理想国，也必真实地存在于她的诗中。《洛神红赋》中，有"大片有秩序的红在尘世翻腾"，《彼岸花》有"你凤冠霞帔/有如魂魄的入口"，《观月》时，看到"失血的月亮/原本就是红色的啊"，《谷雨》飘下，感叹"多么草率的挥霍啊/湿润季风在涂鸦"。总是与众不同的。

诗之真实的昭示若"梦"，所谓"庄周梦蝶蝶梦庄周"。即便为诗人所探讨的存在之真。按宾兹对梦的解释为"躯体经历过程，任何情况也没用，在许多实际的病理中，上到灵魂世界，下至不朽，会引发高达蓝色以太，低至杂草生长的平原沙滩"。对梦的解释便相当于诗人寻找隐藏于纷纭世相中的真相一样。思想与梦均是脑部的活动，如同日月交替。施维的诗歌，大道至简，阡陌却迷人。农场是她的思想，理想国是她的梦境。

2019年4月28日

(秀实，世界华文作家交流协会诗学顾问)

附录三
自信、自恋、自然、坚强、坚忍、坚韧的施维及其诗歌

艾 若

施维很精进，无论绘画还是诗歌，都令人惊绝。

虽然施维进入诗歌圈较晚，但她是一位特立独行的女诗人。洞察力强、火力十足，对人对事对诗皆如是。

中山市南朗镇榄边村青青农场是她的诗歌田园，也是她的理想国。她以青青农场为背景创作的系列油画不但自恋，还充满自信，画中主角只有一个——穿着红裙子、满是憧憬的少女。

其画若诗，其诗如画。正如她在《自恋》一诗中所写："我时常目不转睛地/端详自己的照片/也喜欢站在穿衣镜前/从上至下打量自己/最后总会把自己迷倒——/我为什么长这么好看呢。"施维的自恋与自信并不做作，反而自然，不肉麻，如同她的诗朗诵，普通话虽不很标准，但她深情款款，自信满满，不容你怀疑她的热忱与专注。

施维短诗直接、到位，一如其眼里糅不得沙子般的个性。她的《带病活着》："我鲜活地活着/我严重地病着/循环往复中交替呈现/其实不得不承认/你和我一样/也是如此/我们往后的日子/一如既往，甚至会/病得更重，活得更生猛。"这正是她鲜明性格的体现：坚强、坚忍、坚韧，即使严重地病着，也要活得生猛，甚至于更生猛。

2019年5月7日

（艾若，中国诗人俱乐部副秘书长）

附录四
她把红色还给了花她就成了花

袁 军

然而我终究是构建诗歌的人,并不善于细节的解构,因此于施维的诗集评论力不从心。在诗歌象牙塔的搭建中,她始终不受惑于块垒的搬运,仿佛那些绵密锦绣的语言的蜘蛛网,就在某时某处等她经过。霎时,爱恨情仇一挥而就。

有人说她在经营一个小姑娘的童话世界,有人说她在和岁月之刃肉搏。而熟知她的人,并没有这些困惑——她是净化过的彩虹,在尘世上空的画布里,早已成为色彩本身。

而今天,只破解那一抹红。

最近她刚完成《洛神花红》油画系列,欲与新诗集同名。诗与画,都美得令人心碎。一袭红裙子,轻烟般飘过青青农场——那是她精心装扮的洗心池,"我终于可以孤傲,拒绝万物投来似火的热情"。

或许正因为慎独太久,岁月的染着如于一件青花瓷正在悄悄褪去火色。而三界难出,六贼难防,身陷有情世界,精致如斯的江南女子也忍不住喟叹,"我们回忆碎片的过往,红玫瑰满地"。她热情,又如此冷静。

她种洛神花,在她心里始终住着一位洛神仙子。世出世入之间,她仿佛洞开了一道与命运撕咬却绝不纠缠的殊途,踽踽独行,却渴望着某日,与某个错过的意象同归。"近乎洁白的最后那抹猩红,如湿润的吻俘虏万众之心",那是一个退藏于密的"魔咒",轻咬着甜蜜的痛楚。

骤然心痛，举目长江远逝，且停笔。

哦，对了，她的第一本诗集，叫作《我想是一朵大红花》。

2019年5月2日

（袁军，号空水虚舟。中国大湾区诗汇副秘书长，资深媒体人、资深藏地行者）

附录五
至美至真洛神花红

欧罗巴海

"隐"居于青青农场的樊妈是一个多才多艺的女子：油画、设计、诗歌、朗诵、农艺，样样都有不俗的表现。她似乎有着无穷的精力和热情，在艺术追求之外，还经营农场，组织诗社活动，一切都打理得井井有条，有声有色。

第一次为樊妈的诗歌所触动，是在"待渡亭"公众号去年推出的母亲节专辑里读到她所写的《母亲说》。这是我读过的关于母亲的最好的诗之一。它的文字的轻巧而与明净，情感热烈而自持，毫不做作的态度，吸引了我。而随着对樊妈更多作品的深入了解，我越来越体会到：她的诗有一种百读不厌的纯真之色。每一次阅读都能带来惊喜。这不是简单的情绪积累，而是历尽人生过后对存在之美的本质的回归。"爱"如此之真，甚至不需要更多机巧，一切都自然而然地表达出来，如此之"轻"，却总是深深地打动我们。

知道樊妈画画是后来的事了。她的作品清丽脱俗，尤其是她新近创作的《洛神花红》油画系列作品，我甚为喜欢。诚然，这些充满泥土和植物气息的作品，绝不是学院派美术馆意义上的经典和先锋之作，甚至不免有些"土气"，但这丝毫不影响我对它们的喜爱。它们是樊妈农场生活的真实写照，虽大红大绿却不俗艳，虽构思简约却不单薄，是她的内心情感最直接、朴素的呈现。

樊妈在前年和去年台风过后内心经历了巨大的波动，对生命有了全新的认识。今天，欣喜地看到她的新诗集《洛神花红》即将出版，我想，这些作品，正是她不断反思和沉淀之后，与内心、与生命所达成的新的和谐吧。

2019年5月4日

（欧罗巴海，本名朱彦煜，资深律师，诗歌创作自成一格）

附录六
能饮一杯无

煮梦子

欣闻施维的新诗集即将出版,取名为"洛神花红",之前我就表示过喜爱,像是她手作的洛神花酒一般,既带有微醺的迷人气质,又蕴含着内敛的治诗态度。近一年来,我可喜地看到她在体裁上的拓宽,她的阅历与思情不断地为其创作提供着无限的灵感。

况且她的写作本身就具备着烂漫的天性,从其处女作《我想是一朵大红花》比较过去,那些譬如"誓不让暮色将我挥发、我为什么长这么好看呢、我飞翔在大面积的沉默下"等诗句中"我"的人设正从田园拘囿的自然经验中跳脱出来,从田园化育的精神超验中生长出来——"世界将其自身缩小成为一滴露水",几乎不需要任何变形的意象和修辞,去朝圣情感上的"普遍意义"。而这样的意义有时候并不美好,却成了她全生命的呼吸。

当然,我似乎也从如此的呼吸中领会到她抒情的"困"与"乏",但她依旧保持着坚挺的姿态,去否定现实对内心的盘诘罢,奉上沉默自带的抚慰;另一方面,她的骄傲下意识地在文本上流露出超越内心的谦卑。而这些剑拔弩张的矛盾带着诗的原罪,穿过季节向"我"涌来。

已经是五月了,那些"我"该祈得哪一个春天的原谅呢?从现实的角度来说,她活得鲜活,病得严重,却没有辜负什么,实在没什么值得原谅的。还是把富有参与感的主体归还给这个美丽的诗人吧,我正被那些高度宁静的表达方式包裹着,可以不拒绝爱,也不拒绝爱以上的溢美之词,来证实一种花逐渐成熟的过程。

唔,或者诗意地说,似饮一杯洛神的新酿吧。

2019年4月30日

(煮梦子,待渡亭诗社社长)

后 记

本书挑选我学诗近三年来的两百余首小诗，呈现的已过去，回首都是美好。

鞠躬致谢默默支持我的家人与挚爱亲朋，特别是芷爱妈妈无私无怨的爱与奉献，助我跨过重重荆棘，寻觅生命中的诗意画境。

致敬戴其苍先生，谆谆善导，助我不断积累写作智慧，启沃创作冲动，记录灵感和思考，发掘创作乐趣和意义。

致敬佟声先生，诚挚鼓励，助我拓展理性思维的视野和深广度，换个角度思考诗歌，体验别样局面和另类创意。

致敬欧阳京儒先生，以金石之学诲我不倦，助我对美学常怀向往和敬畏。感激再次为本诗集挥毫泼墨题写书名。

感激煮梦子先生、袁军先生、欧罗巴海先生和艾若先生，于待渡亭上慷慨施授创作体会和经验，助我收获良师，结交诤友。

感激秀实先生和招小波先生，充分包容信任，给予提携关爱，宽厚仁慈坦诚相待，使拙作多次发布于《圆桌》和《流派》等。

感激无条件支持和帮助我的拂晓、玄噜噜、雨薇、安如和米粒等佳人们，因诗而遇，因诗而懂，因诗而惜，因诗更美。

感激以音韵魅力吸引我的浮诗绘朗诵团全体成员，特别感谢炫一辉先生和小山后人先生为我辅导，助我汲取和提升。

借用"浮诗绘·待渡亭·大湾区"的诗语：我始终在这里读你。我始终在这里等你。天意君须会，人间要好诗。

感谢为这本诗集付出努力和帮助的所有人，因为遇见，所以感恩。

施 维

2019年5月28日